KB096592

베트남에서 주재원으로 생존하기2

유레카

https://brunch.co.kr/@pik2000

발 행 | 2023-1-12

저 자 | 유레카

펴낸이 | 한건희

펴낸곳 | 주식회사 부크크

출판사등록 | 2014.07.15(제2014-16호)

주 소 | 서울 금천구 가산디지털1로 119. A동 305호

전 화 | 1670 - 8316

이메일 | info@bookk.co.kr

ISBN | 979-11-410-1130-7

본 책은 브런치 POD 출판물입니다.

https://brunch.co.kr
www.bookk.co.kr

베트남
주재원으로
생존하기2

유레카 지음

CONTENT

머리말

베트남은 우리나라의 제3대 무역국 신남방 핵심 국가 중 하나인 국가입니다. 한국과는 문화적으로도 매우 유사한 부분도 많고 코로나19 이전에는 다낭 등의 경우 베트남 관광으로도 많은 분 들이 방문하여 우리에게는 매우 친근한 국가이기도 합니다. 이런 이유로 현재 베트남에는 많은 한국 기업과 정부·공공기관들이 진출해 있고, 수많은 주재원들이 베트남 속에서 제각각 역동적인 삶을 살고 있습니다.

필자 역시 베트남 수도인 하노이에 파견되어 약 2년여 동안 가족들과 함께 말로만 들었던 곳을 직접 부딪히며 생활해온 바 있습니다. 직접 경험한 베트남이란 국가는 어렴풋이 알고 있었던, 단기간 관광 정도의 경험과는 전혀 다른 국가였습니다. 정치, 경제, 사회, 문화, 언어 전반에 걸쳐 베트남 사람과 문화를 좀 더 자세히 알 수 있었던 좋은 기회였던 것 같습니다.

제가 처음 파견 시 겪었던 많은 시행착오들과 미리 알았다면 하는 아쉬운 점들에 대해 앞으로 주재원으로 나가실 분들 또는 베트남에

여행을 가실 분들에게 공유함으로써 베트남이라는 국가에 대한 막연한 두려움과 걱정을 덜어드리고, 저와 같은 시행착오 없이 빠른 적응을 하실 수 있도록 하기 위한 취지로 이 책을 집필하게 되었습니다.

2022년은 한-베 수교 30주년을 맞는 의미 있는 한해입니다. 앞으로 양국이 더욱더 긴밀한 관계가 될 것이라 믿어 의심치 않으며, 이 책이 베트남에 주재원으로 파견을 준비하시는 분, 베트남 '보름(15일) 살기' 등 여행이나 단기 체류를 계획하시는 모든 분들에게 유용하게 활용될 수 있게 되기를 기대합니다.

그동안 집필로 인해 두 딸들을 보살피느라 혼자 고생이 많았던 사랑하는 아내와 귀엽고 사랑스러운 두 딸들에게 사랑한다는 말을 전합니다. 감사합니다.

2022년 어느 날 새벽시간 서재에서

제1화 베트남 입성전 가장 우선
적 고려 사항 - 집

*베트남 하노이 경험을 바탕으로 집필하였으므로 주거지, 국제학교 등에 있어서도 수도 하노이 기반임을 양해해주시기 바랍니다.

— ✎ —

베트남 주재원으로 나가기까지 많은 고민과 걱정이 있었을 것이다. 특히 단신(1인)으로 파견되는 경우보다는 자녀가 있는 분들의 경우 고려 사항이 많아 더욱더 어려운 결정이 아니었을까 생각해본다.

일단 베트남에 입성하기로 마음을 먹고 회사에서의 인사발령이 나왔다면 가장 우선적으로 생각하고 고려해야 하는 사항이 바로 주거지일 것이다.

앞서 얘기드렸던 것처럼, 주재원 단신(1인)으로 입성하느냐? 아니면 가족들과 동반 입성하느냐에 따라 주거지 선택지가 달라질 것이다. 또한, 가족이 동반 입성하는 경우에 있어서도 아이 없이 배우자와 함께 가는 경우와 유아 자녀가 있는 경우 또는 초등학생·중학생 자녀가 있는 경우 등 세부적으로 주거에 대한 선택지가 달라지게 되므로 이에 대해 보다 세부적으로 구분지어서 실제적으로 도움을 드리고자 한다.

— ✎ —

가) 주재원 단신 입성

주재원 단신으로 베트남에 입성한다면 주거지 선택의 폭이 훨씬 넓어질 것이다. 그다지 크게 구애받는 조건은 없기 때문이다. 본인만 괜찮으면 하노이 그 어느 곳이라도 모두 좋다.

본인의 선호도에 따라 회사와 가까운 곳도 괜찮고, 만약 운동을 좋아하시는 분이라면 주변에 조깅이라도 할 수 있는 공원 또는 호수 산책길이 있는 곳

디캐피탈(D'capital)아파트, 1층에 쇼핑 센터가 있다.

예를 들어, 하노이의 경우 쭝화(Trung Hoa) 지역에 있는 아파트를 구한다면 탄쑤언(Thanh Xuan) 공원을 이용할 수 있는 「디캐피탈(D'capital)」아파트를 고려해 볼 수 있을 것이다.(참고로 디캐피탈 아파트 내 '해물라면'을 파는 한국 분식집도 있어 한국음식이 생각날

때 이용하면 좋을 것이다. 물론 가격은 로컬 음식점 가격보다는 다소 비싼 편이다)

멀리보이는 호수가 탄쭈인(Thanh Xuan) 공원

아니면 한인식당을 편리하게 이용할 수 있는 곳을 선호한다면 - 예를 들어, 하노이 한인타운인 미딩(My Dinh) 지역 맞은편에 있는 「빈홈스카이레이크(Vinhome Skylake)」 아파트 또는 미딩(My Dinh) 지역 내에 있는 「에메랄드(Emerald)」 아파트 등을 선택할 수 있을 것이다.

빈홈스카이레이크 아파트 전경

「빈홈스카이레이크(Vinhome Skylake)」 아파트는 베트남의 삼성이
라고 불리는 '빈(Vin)그룹'에서 만든 비교적 신축 아파트로 방 구조
역시 한국 아파트와 유사하여 단신 또는 배우자와 함께 파견 나가시
는 분들이 많이들 선호하고 있는 아파트이다.

아파트 1층에는 그리 크지는 않지만 베트남 유명한 쇼핑센터인 빈컴 플라자(Vincom Plaza)가 있어 편리하다. 또한, 바로 길 건너에는 하노이 대표적 한인타운인 미딩(My Dinh) 지역을 이용할 수 있는 점도 가장 큰 장점인 아파트이다.

다만, 한인타운을 이용하기 위해서는 길을 건너기 위해 양복 8차선의 도로를 횡단해야 하는데 쉽지 않아 보행자 지하보도를 이용하는게 나은 상황이다. 그런데 처음 베트남 지하보도를 가면 우리나라와는 사뭇 다르게 주변에 광고나 별다른 시설물이 하나도 없기에 다소 스산한 기운이 들 수도 있다.

그래도 생각보다는 안전하고 깨끗한 편이다(특이한 것은 밤 10시가 넘으면 지하보도가 폐쇄된다는 점이다). 물론 단신으로 입주할 때 이를 이용하는 것은 별다른 문제가 되지는 않겠지만 말이다. 만일 아이들과 함께 간다면 마음 놓고 아이들만 혼자 보내기는 마음이 쓰일 수밖에 없으니 미딩 학원가에서 운영하는 학원 셔틀버스를 이용하면 된다.

가장 큰 건물이 'ㄷ자형 에머랄드(Emerald) 아파트

미딩 지역의 상권을 편하게 이용하고자 한다면 미딩(My Dinh) 지역 내에 위치한 「에머랄드(Emerald)」 아파트도 대안이 될 수 있다.

한인타운인 미딩 지역과 로컬 지역인 딩톤(Dinh Thon) 지역이 매우 가깝기 때문에 한 블록을 차이에 두고 로컬 문화까지 동시에 느낄 수 있는 이색적인 곳이기도 하다.

이 아파트는 베트남 특유의 동서남북 방향을 바라보는 아파트 구조를 띄고 있으며, 실제 방 구조의 경우도 거실과 방 크기가 좁은 형태의 구조 등 베트남인들에게 맞춰진 베트남 아파트이다. 대부분의 입주민들도 베트남인들이다. 그래서인지 현지인들과의 소통 내지는 문화적 차이에서 오는 어려움 내지는 갈등 등도 있을 수도 있다.

미딩내에 있는 가든 쇼핑센터 전경

예를 들어, 현지에서는 파티 문화가 있어 친구들을 저녁에 초대하는 경우가 많이 있는데 문제는 문을 열고 파티를 즐기는 경우도 있고, 집에 있는 노래방 기기를 이용하여 노래를 부르는 경우도 있다. 한국인 입장에서는 다소 이해하기 어려운 상황이 올 수도 있어 현지인과 분쟁에 휘말리게 될 수도 있다. 만일 열린 마음으로 현지인의 생활방식도 보며 함께 살아가고자 하는 마음을 가지고 있다면 아무 문제는 없을 것이다. 층간소음은 어떨까? 베트남에서 건축되는 아파트는 한국 아파트에 비해 천장이 좀 더 높은 것 같다. 층간 역시 한국이 비해 간격이 더 있는 편이라서 그런지 필자의 경우도 층간소음이 거의 없었다.

또 다른 주거지 지역으로는 **서호**(West Lake ; 호떠이(Ho Tay) 부근이 있다. 이 지역의 경우 다양한 국적의 외국인들이 거주하고 있는 곳으로 이국적인 분위기의 카페와 식당 등이 밀집되어 있는 지역이다. 그래서인지 이 지역의 주거지는 아파트보다는 조식과 빨래 등을 편리하게 이용할 수 있는 레지던스 호텔 등이 많아 특히 단신으로 베트남에 입성하고자 하는 주재원들에게 선호도도 높다.

특히 자전거 라이딩을 좋아한다면 서호를 추천한다. 한 바퀴를 도는데 약 30~40분 정도 걸리고, 주말의 경우 많은 현지인과 외국인들이 서호 주변에서 자전거를 타거나 조깅을 하는 모습을 많이 볼 수 있다. 자전거는 서호에서 유료로 대여해주고 있으며, 대여료는 보통 2시간에 40,000만동(약2천원) 수준으로 저렴한 편이다. 자전거의 상태도 비교적 양호하여 라이딩 또는 조깅을 좋아하시는 분들은 서호 주변의 레지던스 호텔을 추천드린다. 다만, 서호 주변의 자전거도로는 자전거 전용도로가 아닌, 차량과 오토바이가 혼재되어 있는 좁은 도로를 함께 라이딩해야 하는 경우가 많아 다소 위험한 구간이 있을 수 있다. 처음에는 혼자 타는 것보다는 현지인 또는 서호에서 라이딩을 많이 해본 한국인 친구와 함께 타시기 바란다.

<hr />

나) 가족과 동반 입성

이번에는 주재원과 가족이 동반하여 베트남에 입성하는 경우에 대해 말씀드리고자 한다.

주재원이 가족과 함께 입성하는 경우도 3가지로 나눠 고려해 볼 수 있다.

첫째는 부부(배우자와 함께)가 입성하는 경우, 둘째는 초등학교 중학교 등 학교에 다니는 자녀들과 함께 입성하는 경우, 셋째는 아이는 있지만 미취학 자녀와 함께 입성하는 경우이다.

ⅰ) 부부가 함께 입성하는 경우

우선, 부부만 입성하는 경우에는 아내(또는 남편)와 상의하여 원하는 기호에 맞춰 주거지를 정하면 될 것이므로 기본적으로는 단신으로 입성하는 경우와 그리 크게 다르지 않다. 부부 두 명의 기호만 맞으면 되기 때문이다. 예를 들어, 부부가 도심 지역 번화가에 살고 싶다고 한다면 쇼핑을 즐길 수 있는 바딘구(Ba Dinh) 낌마(Kim ma)대로 롯데센터 내 「롯데레지던스」도 좋을 것이다. 롯데센터는 경남랜드마크72 건물에 이어 하노이에서 두 번째로 높은 빌딩으로 스카이라운지 칵테일바인 「탑오브하노이(Top of the Hanoi)」의 야경으로도 하노이에서 유명하고, 롯데타워 내 지하에 있는 롯데마트과 롯데백화점 및 한인 고급식당도 있어, 하노이에 살지만 작은 한국과도 같은 느낌을 받을 수 있는 곳이기도 하다.

추가로 롯데센터 맞은편「**빈홈메트로폴리스**(Vinhomes Metropolis)」아파트도 롯데센터와는 멀지 않아 거주를 고려해볼 수도 있다. 1층에 있는 빈콤 쇼핑센터(Vincom Center Metropolis)를 이용할 수 있다. 다만, 롯데센터를 이용하기 위해서는 왕복 8차로 대로를 건너야 하는데 한국처럼 교통 신호체계에 따라 건널목을 안전하게 건널 수 있는 상황은 아니므로 이를 감안하여 거주지를 정해야 한다.

도심보다는 외곽지역의 한적하고 조용한 단독 빌라촌을 좋아하는 분들도 있을 것이다. 이 경우 하노이 도심에서 차로 약 30분 정도 소요되는「롱비엔(Long Vien)」지역에 있는「**빈 홈 리버사이드**(Vinhome Riverside)」빌라촌도 고려해볼 수 있다. 이곳은 단독주택으로 앞마당이 있으며, '리버사이드'라는 명칭처럼 주변에 호수가 있는 조용한 곳이다. 한적한 곳이지만 안전도 상당히 신경 쓰는 곳이기도 하다. 특히, 롱비엔 골프장이 가까운 곳에 위치해있어 골프를 좋아하시는 분에게는 더할 나위 없이 좋은 곳이라 할 수 있다. 영국계 국제학교인 BIS(British International School Hanoi)도 빈 홈 리버사이드 내에 있어 아이들이 있는 경우 국제학교 다니기도 편리해서 좋다. 그러나, 단지 자체가 워낙 넓어 작은 마트를 이용하기 위해서도 골프장에서 타고 다니는 카트차를 구매(또는 렌트)하여 이용해야 한다는 불편함은 있다. 운전은 그리 어렵지 않고 색다른 거주지를 원한다면 좋은 곳이다. .

또 다른 외곽지역으로는 하노이 서쪽에 있는 하동(Ha Dong) 지역에 있는「**파크시티 하노이**(ParkCity Hanoi)」빌라촌도 고려해 볼 수 있다. 파크시티 내에 수영장과 공연을 할 수 있는 작은 무대도 있다. 아이들이 신나게 놀 수 있는 놀이터 등의 부대시설도 비교적 잘 갖추어져 있기 때문에 만족도도 높다. 이곳도 영국계 국제학교인 ISPH(International School ParkCity Hanoi)가 인접해 있어 취학자녀가 있는 분들도 괜찮은 곳이다.

ii) 학교를 다니는 아이들과 함께 입성하는 경우

마지막으로 가장 어려운 부분이다. 초·중·고등학교를 다니는 자녀들과 함께 입성해야 하는 경우이다. 일단 우선적으로 검토해야 할 문제가 아이의 학교, 즉 국제학교를 정해야 한다. 국제학교를 BIS와 ISPH로 정하였다면 위에 언급한 「빈홈리버사이드(Vinhome Riverside)」, 「파크시티 하노이(ParkCity Hanoi)」 빌라촌도 대상이 될 수 있다.

그리고 부부 상대방의 기호, 회사까지의 거리 등 고려해야할 요소가 많아진다. 즉, 트라이앵글인 국제학교, 주거지, 직장의 거리에 대한 고려와 함께 주변 학원, 한인식당 내지 마트 등 생활 편의시설까지 많은 부분에 대해 정보를 갖고 접근해야 한다. 이러한 조건에 가장 대표적인 아파트를 다음화에서 소개하겠다.

제2화 경남아파트라 불리는
'경남하노이 랜드마크 타워'

한국에서 하노이로 오는 주재원들이면 누구나 한 번쯤 들어보았을 것이다. 특히, 학원 등을 이용해야 하는 학교를 다니는 아이들과 함께 오는 경우는 더더욱 그렇다. 우리나라 사람들에게도 익숙한 아파트 이름인 경남아파트가 하노이에 있다(구글에서 검색어로 '경남아파트 하노이'로 검색해도 찾을 수 있다. 바로 「**경남하노이 랜드마크 타워**(Keangnam Hanoi Landmark Tower)」이다.

경남 하노이 랜드마크 타워 전경

이 아파트에 대해 많은 분량을 할애하는 이유는 이 아파트에 한국 주재원들이 상당히 많이 거주하고 있는 곳이기 때문이다. 하노이에서의 작은 한인타운이라고 생각하면 된다. 아파트 로비와 엘리베이터에서 들리는 한국말을 듣고 있으면 이곳이 베트남인지 한국인지 착각이 들기도 한다. 경남기업 고(故) 성완종 회장의 역작이라고 불린다고 하는 곳이다.

하노이 최고층 복합단지인 랜드마크 72에 바로 인접한 아파트로 A동, B동 쌍둥이 2개 동을 가지고 있다. 랜드마크 72층에는 신한은행, 국민은행, 우리은행, 미래에셋자산운용, IBK기업은행과 같은 많은 국내 은행뿐만 아니라 오피스가 몰려있고, KOICA와 같은 공공기관과, 뚜레주르와 같은 빵집, 그리고 한국 음식점 등 베트남 하노이에서 한국 색채가 가장 강한 곳이라 할 수 있다.

국어, 영어, 수학 학원 등뿐만 아니라 피아노, 미술, 태권도, 검도 등의 수많은 학원이 밀집해있어 취학 자녀와 함께 주재원으로 오시는 분이라면 이곳 이외의 지역을 찾기란 쉽지 않다. 그 이유는 학원으로의 이동이 경남아파트 단지에서는 길을 건너지 않고 걸어 다닐 수 있기 때문이다. 아이들 안전을 고려한다면 이 부분이 가장 큰 장점일 것이다. 물론 한인타운인 미딩(My Dinh) 지역에 있는 학원에 다닐 수도 있지만 이곳은 걸어 다니기에는 위험하기 때문에 주로 학원버스로 이동하고 있다. 아마 안전하게 걸어서 여러 학원과 집을 왔다 갔다 할 수 있는 거의 유일한 곳이 아닐까 생각되며 그래서 주재원들에게 선호도가 높다.

경남아파트 인근 도로 퇴근시간 정체

그래서인지 경남아파트의 월세는 주변 그 어느 곳보다 비싼 편이다
(베트남도 전세 개념은 없다).

다만, 출퇴근시간 경남아파트 주변 도로는 정체구간이 있기도 하고,
2001년에 건축된 오래된 아파트이므로 한국분들의 기대치에는 다소
미치지 못할 수 있으므로 실제로 여러 곳을 비교하여 선택하는 것이
중요하다.

물론 앞으로 더 좋은 인프라를 갖춘 대단지 아파트가 생긴다면 마치
쓰나미처럼 그곳으로 옮겨갈 수도 있겠지만 지금은 경남아파트에 많
은 한국분들이 거주하고 있다.

다음화에서 이곳에서 실제 살았던 경험을 바탕으로 보다 실제적인
정보를 제공하겠다.

제3화 경남아파트 A동 B동
어느 동에서 살 것인가?

*필자가 직접 살아본 경험을 바탕으로 도움을 드리고자 기재한 글로 경남아파트 A동과 B동의 객관적인 가치에 대한 의견은 아니므로 오해없으시기 바랍니다.

경남아파트는 사거리에 인접한 B동과 그보다 안쪽에 있는 A동 2개 동으로 이루어진 아파트이다. 만일 경남아파트로 주거지로 결정했다면 이제 고민은 A동에서 살 것인지? B동에서 살 것인지에 봉착한다.

쌍둥이 빌딩인 두 동은 구조가 같으면서도 조금씩의 차이와 장단점이 있기 때문이다. 이 역시 인터넷을 통한 서치에도 정보가 충분하지 않기도 하거니와 직접 살아보지 않고서는 그 장단점을 사전에 파악하기는 매우 어렵다. 그렇기 때문에 처음 주재원으로 나가서 집을 고를 때는 어느 동을 선택할지 많은 고민을 하게 된다. 결국, A동과 B동을 부동산을 통해서 몇 개의 집을 둘러본 후 그래도 괜찮다고 생각하는 집으로 결정하는 경우가 일반적이다. 이 책에서는 실질적으로 이러한 고민을 줄여줄 수 있도록 하기 위해서 여러 시각에서 실제적인 정보를 제공해드리고자 한다.

필자의 경험을 말씀드리면 A동에서 1년, B동에서 1년씩 각각 모두 살아보았고, 결론적으로 A동 B동 모두 각각의 장단점이 있다는 것이다.

우선 B동에 대해 얘기하겠다(B동은 자동차 전용도로인 고가도로 (CT20)가 있는 메인도로 사거리와 인접한 곳이다). B동의 단점이라고 하면 일단 소음이 있을 수 있다. 특히 메인도로를 바라보는 방향의 라인의 경우 고가도로가 있어, 자정 이후에는 고가도로에서의 차량 소음이 들리는 경우도 있기도 하여 소음에 예민한 분이시라면 B동의 소음은 단점이 될 수 있다.

또 다른 아쉬운 점은 다소 사소한 것일 수 있으나, 단지 내 수영장에 가는 거리가 A동보다는 멀다는 것이고, 자주 이용해야 할 K마트도 B동보다는 A동에 더 가깝게 위치해 있다(사실 A동 B동과의 거리가 멀지 않기 때문에 그리 큰 차이가 없지만, 그래도 살다 보니 아쉬운 생각이 들었다).

경남아파트 단지 뒤쪽 수영장의 모습

예를 들어, 단지 내 수영장의 경우 A동 1층 로비 뒤쪽으로 바로 이용 가능하나, B동의 경우는 그래도 20m 정도는 더 걸어가야 한다. 저녁 시간대의 경우 수영을 하고 나오면 아이들이 추워하기 때문에 타월로 감싼 후 걸어서 B동을 가는 것보다는 바로 A동으로 들어가는 게 아무래도 낫기 때문이기도 하고, K마트의 경우도 B동의 경우는 중간에 주차장에 들어가야 하는 작은 건널목(?)을 건너야 하기 때문이다.

건널목이라고 해봐야 성인 7걸음 정도의 5m 남짓 되는 곳이기는 하나, 베트남 특성상 오토바이들이 주차를 위해 계속 왔다 갔다 하고 있어, B동에서는 저학년 아이들만 K마트 보내기에는 그래도 불안한 마음이 가시지 않는다. 이에 비해 A동의 경우는 주차장 건널목을 건널 필요가 없으므로 아이들에게도 비교적 안전하다.

국제학교 스쿨버스가 통학학생들을 대우는 모습

추가적인 측면에서 만일 국제학교를 보내는 아이들이 있다면 주로 아침 등교시간에 A동에 가까운 쪽에서 먼저 차량이 대기하고 있다는 것이다. 국제학교에서 버스 대기 장소 통지가 올 때도 '경남 A동'

에 주차한다고 하지 '경남 B동'에 주차하고 있다고 하지 않는다.

물론 아침 07:10~07:40 사이 하노이 시내 국제학교 등교 시간이 거의 비슷하여(상당히 이른 시간이지만 국제학교까지의 거리와 아침 등교시간 교통체증을 감안하면 대개 이 시간대에 학교로 출발해야 한다), A동과 B동에 걸쳐 스쿨버스가 정차하기 때문에 반드시 A동과 가까운 곳에서 승차하지는 않을 것이나, 경험해 본 결과 그래도 A동이 보다 가깝고 안전하다. 늦게 일어나서 스쿨버스 타는 시간이 늦어 뛰는 경우도 비일비재하여 그래도 A동이 한 발짝이라도 보다 가까우므로 A동이 나을 수 있다는 것이다.

B동의 장점은 경남 랜드마크72(칼리다스 레지던스가 있어 그냥 '칼리다스'라고 부르는 사람도 있다) 건물 학원으로 이동할 때 보다 가깝다는 것이다. 엔젤리너스 커피숍, 빅마마 분식집 등의 몇몇 곳의 상가를 이용하기에도 A동에 비해 가깝다.

이에 비해, A동의 경우 고가도로(CT20)가 있는 메인도로와 비교적 멀리 떨어져 있고, 수영장, 스쿨버스, K마트 등의 이용이 보다 편리하고 안전하다고 생각이 들기 때문에 아이들이 있는 주재원 분들이라면 B동보다는 A동이 전체적으로 낫고 만족도가 높다고 생각한다. 이는 실제 A동과 B동을 살아본 경험과, 주변 지인에게 물어본 결과이기도 하다. 이 글을 참고해서 읽어보고 직접 현장에 낮시간대와 저녁 시간대 각각 살펴본 후 거주지를 결정하면 좋을 것이다.

제4화 경남아파트 몇층,
몇호라인에 살 것인가?

A동, B동을 결정했다면 이제 또 다른 고민이 생긴다. 몇 호 라인, 몇 층에 사는 게 좋은지에 대해서 말이다. 경남아파트는 위에서 봤을 때 삼각형에 가까운 모양을 가지고 있다. 따라서 1호부터 11호까지 각 호수마다 뷰가 제각각이다.

크리스마스 트리로 장식한 경남아파트 1층 로비의 모습

참고로 동일 구조의 라인은 1호와 11호 라인, 2호와 10호 라인, 3호와 9호 라인, 4호와 8호 라인, 5호와 7호 라인이다. 위 2개 라인은 대칭으로 동일한 구조를 가진다.

특이하게 6호 라인은 정중앙에 위치하여 유일하게 단일 구조이며, 가장 넓은 면적을 자랑한다. 그다음이 5호와 7호 라인, 그다음이 3호와 9호 라인이다.

따라서, 이사 가기 전 다양한 라인의 집을 모두 구경해 보는 것이 좋다고 생각된다. 각자의 기호가 모두 다를 수 있기 때문이다. 여기서는 선택에 도움을 드리기 위해 실제 살아본 경험과 살아본 분들에게서 들은 경험들을 종합하여 몇 가지 TIP을 드리고자 한다. 라인과 층은 A동과 B동에 따라 상이하므로 구분하여 설명해드리고자 한다.

우선, A동의 경우는 5호, 6호, 7호 라인이 좋다는 의견이 많다. 6호의 경우는 가장 큰 평수를 자랑하고 방 구조도 소위 '잘 빠졌다'고들 한다. 아마 한국 아파트와도 비슷한 구조이기 때문일 것으로 보인다. 빈홈스카이레이크 건물을 바로 볼 수 있고, 좌로는 미딩송다(My Dinh Song Da) 건물, 우로는 VNTV 건물 방향의 도로를 바라볼 수 있을 것으로 보여 뷰 전망도 그리 나쁘지 않다고 본다.

5호와 7호는 한국적인 방 구조이며, 거실이 커 선호도가 높다. 5호는 VNTV건물을 바라보는 도로의 저녁 뷰가 괜찮고, 7호의 경우 미딩 쪽을 바라볼 수 있는 뷰로 나쁘지 않다. 3호와 9호는 구조가 건물 특성상 특이한 구조를 지니고 있다. 건물의 기둥으로 인해 들어가는 현관이 길고, 거실이 상대적으로 작아 선호도에 따라 호불호가 다를 수 있다. 특히, 7호와 9호 라인의 경우는 서향으로 덥다는 의견도 있으니 이 역시 고려할 필요는 있을 것이다.

B동의 경우도 기본적으로는 A동과 동일한 라인 구성을 가지고 있다. 다만, 뷰의 경우, 6호, 7호, 8호, 9호 라인의 경우 미딩을 전체적으로 바로 볼 수 있는 구조로 뷰가 나쁘지는 않으나, 저녁이 되면 노래를 하며 모금을 하는 베트남분들이 종종 나오셔서 스피커 소리로 인해 시끄러울 때가 있고(현재는 상황이 상이할 수 있음). 밤에는 고가도로(CT20)의 자동차 소음이 다소 들릴 수 있다. 또 방향 자체가 서향이라 햇볕이 늦게까지 들어오기 때문에 약간 더울 때도 있다고 느껴질 수 있다.

경남아파트, 왼쪽이 B동 오른쪽이 A동이다.

실제로 베트남은 3월 말부터 거의 10월 중순 정도까지는 한국의 여름과 유사한 더위가 수개월 동안 지속되고 에어컨을 계속 틀어야 하기 때문에 전기세가 많이 나온다. 그래서인지, 남향과 햇볕을 선호하는 한국과는 다르게 오히려 햇볕이 들어오지 않는 방향을 선호하는 분들도 많이 있다. 참고로 베트남의 전기세는 한국보다 비싸서 에어컨을 계속 틀 경우 한 달에 경남아파트 기준으로 약25만원~약30만원 가량의 전기세가 별도로 나와 처음에는 고지서를 보고 놀랄 수도 있을 것이다.

6

층수의 경우는 각자의 상황에 따라 다를 것으로 보인다. 좋은 뷰를 보시려는 분들은 고층이 나을 수 있을 것이다. 예를 들어, B동의 경우는 5호~9호 라인의 경우 미딩송다 건물로 인해 저층의 경우는 미딩 전체 뷰가 가릴 수 있다. 다만, 국제학교 다니는 자녀분들이 있는 분이라면 등교 때 엘리베이터 이용의 불편함 등이 있을 수 있으므로 중간층이나 저층이 나을 수도 있다. 이것은 각자가 처한 상황 내지는 기호에 따라 층수를 결정하면 될 것으로 보인다. 또한, 층보다는 라인을 우선으로 거주지를 선택하는 게 바람직하리라 생각된다.

6

<주재원으로 살아남는 유용한 TIP>

Q. 한국은 남향집이 많은데 베트남은 어떤가요?

A. 결론적으로 말한다면, 베트남 아파트는 특이한 구조를 가지고 있는데, 바로 동, 서, 남, 북 모든 향을 바라보는 집이 일반적이라는 것이다.

우리나라의 경우는 햇빛이 잘 비추는 남향을 선호하여 주로 남향 위주로의 가옥구조를 띄고 있다. 추운 겨울에 따뜻하고, 낮에도 햇빛이 집에 환하게 들어오는 것을 선호하기 때문이다.

이에 비하여 베트남은 동, 서, 남, 북 모든 방향을 바라보는 가옥구조를 가지고 있다. 그 이유는 베트남은 무더위가 수개월간 지속되는 아열대성 날씨로 굳이 더 더울 수 있는 남향을 선호하지 않는다. 햇빛이 더 들어오면 에어컨을 작동해야 하므로 가뜩이나 비싼 전기세를 더 지불해야 하기 때문이다. 이러한 이유로 오히려 동향 또는 서향을 선호하기도 한다. 심지어는 북향이 좋다는 사람도 있다. 그래서인지 베트남에서의 아파트 구조를 보면 '미음(ㅁ)자' 형태의 구조를 볼 수 있다. 한인타운인 미딩 지역에 있는 에메랄드 아파트가 대표적이다.

베트남분들은 방향보다는 뷰를 더 중요시하게 생각하는 듯하다. 하노이는 호수가 많기 때문에 이를 바라볼 수 있는 서호 내지는 호환끼엠 지역 등의 호수가 보이는 뷰에 대하여 더 높게 평가한다. 인스타그램, 페이스북에도 이러한 호수를 배경으로 석양에 사진을 찍어 업로드하는 경우가 많다.

또 다른 베트남 집의 특징은 바로 성냥갑처럼 생겼다는 것이다. 앞에서 보면 좁은 상가 입구로 들어가면 뒤로 긴 형태의 구조를 띄고 있다는 것이다. 누구나 도로에 접하는 곳을 가져야 한다는 공평한 사상에서 기인했다는 말도 있고, 건축법상 건물 기둥이 추가로 필요하므로 그 이하 면적만으로 건물을 지어서 그렇다는 얘기까지 이유는 다양하나, 이로 인해 베트남의 집 구조는 상당히 특이한 구조를 띄고 있어 처음 보는 외국인들에게는 이색적이다.

제5화 베트남 주거지 선택 시
인터넷 지도를 믿지 말라

주거지 선택 시 인터넷 지도를 믿지 말아라! 이 말은 인터넷 지도가 잘못되었다는 얘기를 하는 것이 아니다. 인터넷 지도는 정확하다. 다만, 베트남에 직접 가서 보면 우리가 생각했던 지도에서의 모습과 베트남 현장의 환경이 전혀 다른 곳이어서 놀랄 수도 있다는 의미이다.

아마, 베트남 주재원으로 발령을 받거나, 관심이 있는 분들이 맨 처음 하는 일은 인터넷상에서 자신의 살만한 곳을 찾아 베트남 지도를 서치 해보는 것이 아닐까 생각된다. 내가 다닐 직장이 있는 곳, 내가 살 곳, 아이들이 있다면 국제학교를 유심히 보고 몇몇 후보지를 선택할 것이다. 이곳 정도면 괜찮겠지 하고 부푼 마음으로 현지에 막상 와서 현장을 보고 나면 여러분들이 믿었던 지도와는 전혀 다른 모습이 펼쳐진다. 지도로서는 베트남의 분위기를 표현할 수가 없기에 이러한 일이 생기는 것이다.

필자 역시 마찬가지였다. 필자는 자녀와 동반 입성한 케이스로 사전에 지도를 보고 맘에 들은 곳을 찾아 현지에 와서 보는 순간 전혀 생각했던 곳과는 다른 환경이 눈앞에 펼쳐졌었다. 국제학교 통학을 위해 분명 지도상의 직선거리는 100m 이내의 매우 가까운 거리라 생각하였으나, 현지에 와보니 100m 이내의 물리적 거리는 정확했으나, 그곳까지 가기 위해서는 수많은 고난의 길(?)을 통과해야 했기 때문이다. 아파트 앞 대형 빌딩 공사장이 약 50m 부근에 있었고, 공사로 인해 차도로 걸어가야 하는 위험천만한 구간도 있었다(그 당시에는 공사구간이었으나 현재는 공사가 마무리되어 인도가 위험하지는 않다). 더욱 큰 문제는 다음에 있었다. 약 80m 부근에는 '미션임파서블' 영화에 나올법할 성인도 건너가기 어려운 사거리 건널목이 위치해 있었다.

수많은 오토바이와 차량 행렬 속에서 건널목을 건너기는 쉽지 않다

수많은 오토바이 행렬을 뚫고 사거리 건널목을 건너는 것은 성인은 필자로서도 참 난감한 일이었다. 마치 어렸을 적 오락실에서 했던 '개구리' 게임이 생각날 정도로 쉽지 않은 건널목이었다. 처음에는 몇 번을 망설이다가 건널 수 있는 유일한 방법은 바로 현지 베트남인이 건널 때 뒤를 졸졸 따라 건너는 것이었다. '그냥 신호등 초록불에 건너면 되는 거 아닌가요?'라고 반문하실 독자도 있을 것이다. 그렇지만 신호등과 상관없이 지나치는 차량과 오토바이 속에서 걷는다는 것은 성인으로서도 어려운 일이었다. 더군다나 아이들 혼자 등하교한다고 생각한다면 거의 불가능한 일이다. 방법은 가까운 거리라 할지라도 스쿨버스를 이용하는 방법이나, 가까운 장소에 스쿨버스가

운행하는지는 해당 학교에 문의를 우선적으로 해봐야 알 것이다.

또한, 지도로 검색할 때는 괜찮은 것으로 보였던 국제학교의 경우도 지도를 볼 때는 몰랐으나 메인도로와 너무 가깝게 인접해있어 매연과 소음이 매우 심하였다. 하노이의 대기질이 그리 좋지 않은 상황에서, 아이들이라도 쉬는 시간 뛰어놀 수 있는 녹지가 많고 공기가 좋은 곳이 낫지 않을까라는 생각이 들어 그 국제학교는 바로 후순위로 밀려났다.

즉, 인터넷에서 지도를 볼 때와 현지에서 직접 경험할 때가 확연히 다름을 알 수 있었고, 정확한 판단을 위해서는 반드시 현장을 보고 결정해야 한다. 현지의 세부적인 상황들은 인터넷 지도에는 절대로 나오지 않기 때문이다.

빈홈스카이레이크(VinHomes Skylake)에서 바로 맞은편에 있는 경남랜드마크72 건물의 학원을 학생들이 쉽게 이용할 수 있다고 생각하여 무턱대고 이곳에 집을 구하면 안 된다는 것이다. 빈홈스카이레이크와 경남랜드마크72까지의 거리는 지도상에서는 사거리 한곳만 건너면 되는 상당히 가까운 거리에 있기에 우리나라 환경만 생각하여 아무런 문제도 없을 것이라고 생각하면 오산이라는 것이다. 수많은 오토바이와 차량의 행렬을 뚫고 건너야 하는 곳이라는 점은 현지에 가야 알 수 있다.

또 다른 곳, 하노이 **빈홈로얄시티**(Vinhomes Royal City) 단지를 예를 들면 지하 1층과 지하 2층에 하노이 최대 대형 로얄시티 메가몰을 보유하고 있고, 이곳에서 CGV 영화관, 아이스링크(베트남 하노이 내 유일한 아이스링크라고 한다), 베트남 로컬 마트인 빈 마트, 여러 음식점까지 편리한 생활환경을 가지고 있다.

민홍로얄시티 전경 파노라마 사진. 우측에 보이는 건물이 BVIS

아파트 내에도 큰 광장이 있어 쾌적한 환경이라 할 수 있고, 도보로 바로 인접한 곳에 국제학교 BVIS(British Vietnamese International School)가 있어 만일 이 학교를 보내고자 한다면 학교 이용도 편리하다(다만, BVIS는 타 국제학교에 비해 베트남어 비중이 높은 것으로 알고 있어 자녀의 국제학교 선택 시 고려해야 한다). 안전하게 도보로 통학이 가능하다는 것은 큰 장점이다.

아이들이 장기간 스쿨버스를 타고 다녀야 하는 상황도 줄일 수 있고, 교통비도 절약할 수 있기도 하기 때문이다. 이러한 것을 인터넷 지도에서 검색할 때는 알기 어렵고, 직접 발품을 팔아야 가능하므로 기회가 된다면 되도록 현지에 와서 많은 주거지와 여러 국제학교를 견학해보자.

다만, 베트남 입성 전 이러한 기회가 쉽게 주어지지 않는 환경이라는 것이 문제일 것이다. 그래서인지 시기적으로 보면 국제학교도 한국에서 인터뷰까지 마무리하고 입학 허가를 받은 후 오는 경우, 현

39

지에 와서 후회 또는 실망하는 경우도 있을 수 있다. 이 책이 최적의 판단에 참고가 되기를 바란다.

제6화 부동산을 통해 집 구하는 방법 그리고 이사

인터넷 조사와 함께 현지에 있는 부동산에 연락하여 문의해보는 것이 좋다. 원활한 의사소통을 위해서는 한국인이 있는 부동산이 더 좋을 것이다.

베트남에서의 부동산 임차 계약의 순서도 우리나라와 비슷하다. 부동산에서 임차인에게 여러 곳의 집을 보여준 후 그중에서 맘에 드는 집에 대해 가계약을 하고, 이후 본계약을 체결하는 프로세스로 진행된다.

특이한 점은 부동산 중개수수료를 임차인은 지급하지 아니하고 임대인만이 지급한다는 것이다. 이러한 이유로 인해 부동산 중개업자 입장에서는 수수료를 지급하는 임대인의 의견을 좀 더 반영하여 계약을 체결하기도 한다. 또 다른 특징으로는 가계약시 가계약금은 경우에 따라서 부동산에서 계약의 성사를 위해 먼저 지불해주는 경우도 있으니 참고하기 바란다.

다만, 인터넷을 통해 자료를 찾거나, 현지 부동산에게 문의를 하여 사진을 받아 보는 방법으로는 현지 거주지에 대해 정확한 상태를 알 수 없으므로 현지에 직접 가서 집을 본 후 본계약을 체결하는 것을 추천드린다. 주변 환경 등도 생각하는 것과 많이 다를 수 있기 때문이다.

도보이동이 쉽지 않은 경남아파트 사거리 풍경

또한, 아파트를 둘러볼 때에는 낮 시간대와 밤 시간대를 각각 보는 것을 추천드린다. 밤 시간대의 치안 상황, 교통상황 등이 낮 시간대와는 다를 수 있기 때문이다. 베트남의 경우 한국처럼 늦은 밤까지 상가의 문을 열지 않고, 가로등 역시 꺼져있는 경우도 많으므로 주변 상황이 낮과는 전혀 다를 수 있다.

특히, 하노이 대표적인 한인타운인 미딩(My Dinh) 지역의 경우 2인 조로 오토바이를 타고 가다 한국인으로 보이는 사람의 핸드폰, 지갑, 가방 등을 훔치고 달아나는 소위 '알리바바'라 불리는 강도 범죄도 종종 발생되고 있다고 한다(필자는 경험해보지는 못하였다).

주로 야간시간대에 이러한 소매치기 범죄가 일어나는 것으로 알려지고 있으니, 만일 이 거리를 밤에 걸어간다면 2인조 오토바이를 항상 주의해야 한다.

한인타운 미딩(My Dinh) 송다 건물

밤 시간대에 길을 걸어가다가 2인조 오토바이가 가까이 다가온다고 느껴진다면 경계를 늦추지 말아야 하며, 핸드폰, 지갑 등을 손에 들고 다니거나 뒷주머니에 넣고 다니지 않는 것이 좋다. 한국인의 핸드폰의 경우 현지에서는 핸드폰, 카드, 현금이 모두 들어있다고 하여 우스갯소리로 '3종 선물 세트'라고 불리기도 한다. 되도로 록 핸드폰에 카드와 현금을 모두 넣고 다니지는 말자.

이제 베트남 집으로 이사를 해보자

주거지가 결정되었다면 이제 국제이사로 이사를 해보자. 어떤 분들은 이렇게 하소연한다. "베트남 이사를 해서 냉장고 코드를 꼽고 며칠 후 냉장고가 고장 났어요", "한국에서 가져온 비싼 냉장고인데, 베트남에는 해당 제품의 서비스 센터도 없어서, 어쩔 수 없이 베트남에서 새로운 냉장고를 비싼 돈을 주고 재차 구입할 수밖에 없었습니다."

위 이야기는 실제로 있는 이야기이다. 그 이유는 이렇다. 가전제품의 전압 헤르츠(Hz)가 한국과 베트남이 서로 다르기 때문이다. 동남아로 오면 가전제품에 문제가 생기거나 작동이 되지 않는다는 말을 많이 들었을 것이다. 바로 전압차 때문이다. 한국은 보통 60Hz의 제품들이 나오고 있으나, 베트남을 포함한 동남아의 경우는 50Hz이다. 필자도 잘 사용하던 LG청소기가 베트남에 와서는 전혀 작동하지 않은 적이 있다. 따라서, 주요한 가전제품에는 변압기를 달아서 전압을 안정화시켜주는 작업이 필요하다.

필자도 냉장고에 변압기를 달아두었다. 변압기 때문인지 베트남에서 쓰는 2년 동안은 별다른 문제가 없었고, 한국에 와서도 별다른 고장 없이 잘 사용하고 있다.(변압기 사용법은 변압기내 수치가 220~230 정도에 오도록 1번부터 차례차례 맞춰보고 220~230 정도 오는 적정한 번호를 골라 사용하면 된다). 변압기를 베트남 와서 구입하는 경우도 있으나, 냉장고와 같이 바로 써야 하므로 한국에서 가전제품에 맞게 미리 구입하고 오는 것도 좋은 방법이다.

아파트 엘리베이터에 4층과 13층 버튼이 없다.

베트남도 숫자를 싫어한다

베트남인이 가장 좋아하는 숫자는 '9'이다. 9라는 숫자는 특이한 성질이 있는데 무슨 수를 곱하더라도 나온 수를 더하면 9가 된다는 것이다.

예를 들어,

9X5=45이므로 4+5=9가 되고.

46

9X6=54이므로 5+4=9가 된다는 것이다.

그리고 베트남인이 싫어하는 숫자가 있는데 바로 '4', '13'이다. 싫어하는 숫자는 우리와 동일한 것 같다. 그래서인지 엘리베이터 숫자에서도 '4층'은 'F'로, '13층'은 아예 쓰지 않거나 'A12' 이렇게 기재하는 경우가 많다.

베트남 주소를 잘 기억해두자

베트남으로 이사를 갔다면 우선 본인 주소를 잘 외워두자. 베트남어로 되어 있어 외우기 어려울 수 있으니 사진을 잘 찍어두자. 한국에서는 주소는 당연히 기억하고 있기 때문에 아무런 문제가 없지만, 베트남 주소는 베트남어로 되어 있고 생소하기 때문에 기억한다는 것은 거의 불가능할 것이므로 핸드폰 사진에 찍어두면 유용하게 쓰일 수 있다.

당장 이사를 간 후 아파트 관리소에 가서 전입신고 등록을 하려고 할 때, 학원 내지 학교에 주소를 기재하는 곳에 적으려고 할 때뿐만 아니라, K-mart에 가서 포인트 카드를 만들 때, 베트남 온라인 롯데마트 회원으로 가입할 때, 롯데마트 등에 가서 물건을 많이 구입하여 배달 서비스를 신청할 때도 내가 어디에 살고 있는지 모르는 경우가 있어 난감한 상황에 봉착하게 된다. 베트남어 주소는 부동산에 물어봐도 되고, 구글 지도 등을 통해 검색해봐도 알 수 있다.

인터넷에 연결해보자

한국의 인터넷 환경은 세계 어디보다 우수한 편이니, 베트남에서의 인터넷 이용이 불편할 수밖에 없을 것이다. 그러나, 베트남인에게 물어보면 인터넷에 대해 비교적 불편함 없이 사용하고 있다고 생각하고 있는 듯하다. 식당이나 카페의 경우 무료 WIFI가 있어 이용이 어렵지 않다.

다만, 한 가지 불편한 것은 가끔 인터넷이 끊기거나 느려진다는 것이다. 이런 상황이 오면 한국인 입장에서는 아주 답답할 수밖에 없다. 특히, 코로나19 상황 속에서 온라인으로 수업을 하고 있는 도중에 인터넷이 끊긴다면 화가 치밀어 오를 수밖에 없다.

베트남의 인터넷 망 상황이 좋지 못한 이유는 해외 접속 해저 광 케이블(AAG)에 트러블이 생겨서 베트남내 서버를 둔 인터넷 접속에는 사용 가능하지만 해외에 서버를 두고 운영되는 사이트 접속에는 문제가 생기는 것이다. 이는 베트남 신문보도에도 자주 나오는 보도 내용은 상어가 해저 광 케이블을 자주 갉아먹기 때문이라고 한다. 그래서 그런지 인터넷 속도가 느려지는 날이면 자조 섞인 우스개 소리로 "상어가 또 해저케이블을 갉아먹고 있나 보네"라고 애기하기도 한다.

베트남 부동산에 투자 할까? 말까?

베트남에서 주재원으로 살다 보면 많은 분들이 한 번쯤 생각하실 수 있는 부분이 바로 베트남의 부동산 투자이다. 토지나 아파트가 심심 찮게 가격이 급등했다거나 호재가 있다는 소식을 어디서 들었기 때문이다.

한국에서 아파트 투자를 통하여 재미를 보셨던 분들의 경우 베트남에서도 이와 같을 거라는 생각을 하기도 한다. 그러나, 베트남과 한국의 상황이 같지는 않다.

베트남의 아파트는 현재 신규로 계속 짓고 있는 상태이며, 베트남 사람들도 선호도가 아직은 그리 높지는 않다. 물론 최근 젊은 층을 중심으로 원룸 등의 구조와 한국 주재원들이 많이 사는 고급 아파트에 대한 선호도가 높아지고 있다는 점은 있으나, 이러한 수요가 바로 가격 인상으로 이어지지는 않는 분위기이다. 집값의 상승보다는 임대수익면에서는 어떻게 보면 괜찮은 지역은 있다. 그러나, 집값 상승까지 기대한다면 아직까지는 무리가 있다고 볼 수 있다.

추가적으로 고려해야 하는 점은 우리나라의 경우 아파트 노후화 이후 재건축 또는 리모델링을 통한 집값 상승 요인이 있으나, 이곳은 현재 주로 10년도 안 되는 신축 아파트가 대부분이다. 그리고 아파트 단지들이 우리나라에 비해 소규모이며, 재건축과 리모델링에 대한 개념도 아직은 높지 않은 상황에서 이를 기대하기는 쉽지 않다.

하노이시대 수년간 공사가 멈춰버린 건물

더구나 수도 하노이시에 건설하다가 재정적인 이유에서인지 정치적
인 이유에서인지 알 수 없지만, 건설이 멈춰 철골구조만 있어 흉물
처럼 보이는 소위 '부도 건물'를 보고 있으면 아파트에 대한 투자를
하고 싶은 마음이 사라지게 만들기도 한다.(단순히 1~2년 멈춰 서
있는 것이 아니라 5년 이상 동안 그대로 멈춰버린 건물도 있기도 하
다)

또한, 베트남만의 특수성이라 할 수 있는 부분은 바로 자국민이 거
래할 수 있는 쿼터와 외국인이 매수할 수 있는 쿼터가 별도로 정해
져 있다는 것이다. 즉, 같은 아파트라 할지라도 분양가 가격이 외국
인이 매수하는 경우 더 높다는 데 있다. 만일 외국인 수요가 많다면
그 보다 높은 가격으로 매도를 할 수 있겠지만, 그 반대의 경우라면
분양가만 높아 고점에서 매수했으나, 베트남인들이 거래하는 가격으

로 집값이 더 떨어질 수도 있다는 의미이다. 그래서인지 베트남에서는 아파트보다는 아직 땅을 선호한다. 물론 외국인은 토지를 직접 매수할 수는 없어 베트남인을 통해 우회적으로 매수할 수 있을 뿐이다.

또 다른 투자 분야인 상가 투자의 경우는 코로나로 인해 어려움을 겪고 있는 시기에는 당연히 공실도 많아 어려움이 있을 수밖에 없었을 것이고, 코로나가 종식될 이후에도 임대료 수입이 그다지 매력적이지는 않은 것으로 보인다. 시내 거리에서도 임차인을 찾는 '쩌 뚜에(Cho thuê) 상가들이 많이 보이는 것을 봐서는 공실 우려가 있기 때문이다. 베트남은 펜데믹에 대한 대처가 강력한 락다운이 우선되는 정책이다 보니 상가투자는 향후에도 조심해야 할 분야이기도 하다.

결론적으로 베트남 부동산 투자는 신중히 접근하여 투자하시기를 권유드린다.

제7화 베트남 국제학교 결정하기

초·중·고등학교에 다니고 있는 자녀와 함께 동반해서 오는 주재원이라면 주거지를 고민할 때 가장 중요한 고려사항 중 하나가 바로 국제학교일 것이다. 어느 학교를 보내야 하는지? 외국계 국제학교를 보내야 하는지? 그냥 한국 국제학교(하노이에는 하노이 국제학교, 호찌민에는 호찌민 국제학교가 있다)에 보내야 할지? 외국계 국제학교를 보낸다고 하면, 또다시 미국계, 영국계, 아니면 싱가포르 등등 어디로 보내야 할지 많은 고민을 갖게 될 것이다.

사실 입성 전 국제학교를 바로 정하기는 쉽지 않다. 인터넷을 찾아보아도 해당 학교 정보는 많이 부족하다. 정답은 현지에 와서 미리 학교투어를 신청해서 직접 와서 봐야 한다는 것이다. 단순히 인터넷을 통해 알 수 있는 정보로는 그 학교에 대해 정확히 알기가 쉽지 않다.

그러나, 문제는 주재원 파견시기 및 자녀들의 학사 일정 등을 고려할 때 시간이 많지 않다는 데 있다. 베트남 입성 이후에 국제학교를 알아보고 입학 절차를 밟게 되면 너무 늦어지게 된다. 자칫하면 자녀들이 향후 한국에 복귀할 때 1학기 또는 1년을 늦춰서 보내야 하는 일이 생길 수도 있게 된다. 마치 남자들이 대학교 다닐 때 군대에 가는 전후로 1년의 휴학기간을 갖게 되는 경우와 마찬가지라고 보면 된다. 타이트한 상황이지만 부모 입장에서 빠른 정보력을 통해 국제학교에 입학시켜 아이들이 공백이 없도록 하는 것이 가장 중요하다.

따라서, 베트남으로 파견이 정해지는 순간 국제학교를 우선적으로 알아봐야 한다. 여러 루트를 통해 국제학교에 대해 알아본다. 그리고 희망하는 우선 리스트를 작성하여 해당 국제학교 웹사이트에 나와있는 메일 주소를 통해 여러 문의를 해야 한다. 답변도 바로 오지 않는 경우도 있으므로 미리미리 문의를 해야 한다. 준비해야 하는 서류들도 제각각이기 때문이다. 인터뷰의 경우도 한국에서 온라인으로 하는 경우도 있으므로 그런 부분도 감안해보자. 보통은 한국에서 국제학교에 입학원서만 내고 인터뷰는 베트남 입성 후 대면으로 보는 경우가 일반적이기는 하다.

필자의 경우 한국에서 1순위로 올려놓은 국제학교를 현지 투어를 통해 확인하니 1순위에서 순위 외로 아예 밀려버린 경험을 가지고 있다. 웹사이트 검색 등을 통한 정보와 현지에서의 현실과는 갭 차가 크기 때문이다.

따라서, 입성 전 국제학교에 대해 보다 면밀한 준비가 필요하다. 앞서 설명했던 바와 같이 입학서류는 학교마다 모두 다르기 때문에 사전에 해당 국제학교 사이트에 있는 입학담당자 메일 주소로 문의해야 한다. 답장이 오지 않을 경우는 국제전화로 문의해야 하는 등 국제학교 입학 등에 대한 문의 자체도 생각보다 시간이 많이 소요될 수 있다.

예를 들어, 'A 국제학교'는 자녀 생활기록부에 대해 번역 공증(대개 'Certified Translation', 'Officially translated' 등의 서류를 요구하면 번역 공증을 의미한다고 할 수 있다)까지 요구하는 곳이 있는가 하면, 다른 학교는 번역 공증까지는 요구하지 않는 학교도 있다. 한국에서의 번역 공증 수수료는 페이지당 기준으로 약 20,000원~30,000원 수준인 것으로 알고 있다.

또한, 만약 'Notary public', 'Notarial certificate' 또는 '영사인증' 등의 추가 요청이 있는 경우에는 변호사 공증인의 공증이 추가될 수도 있다. 이 경우에는 페이지당 기준으로 번역 공증비는 50,000원~60,000원 정도로 더 비싸다.

공증 기간의 경우 약 1주일 전후 정도 걸리니, 베트남 입성 날짜를 잘 따져보아야 한다. 그리고 대개 공증사무소에 직접 방문하지 않더라도 이메일을 통해 원고, 번역 공증 파일을 우선적으로 받아보고, 번역 공증 후 원본은 우편으로 송부받는 것이 실무적인 방법이니 참고하기 바란다. 그러나, 국제학교에 원본을 보내야만 한다면 얘기는 또 달라질 것이다.

제8화 외국계 국제학교
vs
한국국제학교

베트남 하노이시와 호찌민시에는 외국계 국제학교도 많지만 한국 국제학교도 있다. 하노이에 위치한 한국국제학교를 직접 방문해보니 교실 및 학교 운영 등 모든 면에서 한국 학교와 유사하다는 느낌이다.

실제로 다니시는 분들 얘기를 들어도 한국의 교과 과정과 거의 유사하여 만일 단기간 내 한국으로의 복귀가 예정되어 있다면 자녀의 한국 학교에서의 적응을 위해서라로 이곳 한국국제학교에 보내는 것이 이득일 수도 있다. 학비도 당연히 외국 국제학교에 비해 싸다.

하노이 한국국제학교의 위치는 한인타운인 미딩(My Dinh)에서 차로 약 20여분 정도 내에 있어 그리 멀지는 않다. 실제로 경남아파트에서 스쿨버스로 한국국제학교로 등교하는 자녀들도 꽤 있는 것으로 알고 있다. 특히 자녀가 고등학생, 중학교 고학년 또는 한국 대학으로의 특례입학을 생각하시는 분이라면 외국 국제학교보다는 한국국제학교에서 공부하는 것을 선호하시는 것 같다. 만일 자녀가 초등학생 또는 중학생 저학년의 경우는 외국국제학교를 다니는 경우가 더 많은 것으로 보인다. 이는 자녀들의 미래 계획과 연관된 부분으로 심사숙고하여 결정하면 될 것이다.

다만, 하노이에서 외국 국제학교와의 거리가 대개는 가깝지 않은 경우가 많다. 일부러 외국 국제학교와 인접한 곳에 집을 구하지 않고서는 말이다. 예를 들어 하노이시에서 홍강 다리를 건너서 도착해야 하는 **롱비엔**(Long bien) 지역에 있는 **BIS**(British International School Hanoi)는 경남아파트에서 차로 약 1시간 정도 걸린다. 어른도 아닌 초등학생들이 등하교를 2시간씩 매일 차에서 보내는 것은 체력적으로 힘들어하는 경우가 많다. 학비의 경우도 외국국제학교가 한국국제학교에 비해 약 3~4배 정도 비싼 것으로 알려지고 있다.

외국 국제학교를 보내고자 한다면 여러 측면들을 검토해보아야 한다. 어떤 학교는 학교장 운영방침에 따라 학사일정을 유연하게 가지는 국제학교가 있는가 하면, 어떤 학교는 학습에 방점을 두는 학교도 있다. 또 어떤 학교들은 학생들에게 뮤지컬, 음악, 체육 등 다양한 경험을 중요시하는 국제학교도 있다. 즉, 자녀들의 성향에 따라 어느 국제학교로 보내는 것이 나은지 생각해보고 보내는 것이 무엇보다 중요한 것 같다. 아무튼 자녀들에게 있어 국제학교 시기는 그래도 기억에 남는 시기가 되는 것 같다.

한국 국제학교에 비해 외국 국제학교에 다니는 메리트 중에 하나는 바로 여러 국적의 친구들을 사귈 수 있는 기회가 있다는 것이다. 이들과 친분을 쌓아둔다면 향후 글로벌 사회에서 좋은 친구가 될 수도 있다. 베트남에서 국제학교에 다닐 정도의 베트남 자녀의 경우 그래도 상당히 부유한 가정의 자녀일 가능성이 크므로 이들과의 친분을 쌓아두는 것은 좋은 기회가 될 수도 있다는 생각이 든다. 베트남 역시 우리나라와 마찬가지로 자녀들에 대한 부모들의 교육열은 상당히 높은 편이다.

국제학교에 다니기 위해 미리 준비해야 하는 것 중 기본적은 것은 바로 일정 수준 이상의 영어실력일 것이다. 학교 수업 자체가 영어로 하기 때문에 자녀들이 준비가 되어 있지 않다면 초기에 적응하는 데 어려울 수 있다.

이것은 학부모인 부모도 마찬가지이다. 국제학교에서는 모든 학부모 커뮤니케이션을 이메일을 통해서 한다. 물론 영문 이메일이다. 그리고 담임선생님과의 학부모 면담이 있다. 물론 이 역시 외국 선생님과의 영어로의 면담이다. 국제학교에서 개최되는 여러 참여 행사 등도 있을 것이다. 마찬가지 영어가 사용되므로 파견이 결정되었다면 미리미리 공부를 해두는 것이 좋기 때문이다.

제9화 베트남 현지 로컬 통장을 개설해보자

* 필자는 국내 어느 은행과도 개인적으로 연관되어 있지 않으며, 순수하게 베트남내 정보 제공 목적으로 쓴 글임을 알려드립니다. 이 글을 집필한 시점 이후 각각의 은행 정책 변경에 따른 최신 업데이트 정보가 있을 수 있으므로 이를 감안하시고 읽어주시기 바랍니다.

앞서 말했듯이 베트남에서는 시장 등에서 아직은 현금을 많이 사용하기는 한다. 하지만 아파트 전기세를 납부할 때라든지 은행에 가지 않고 은행 앱을 활용하여 아주 쉽게 이체를 하는 방법도 자주 활용되고 있으니 로컬 통장을 개설한다면 편리하다.

그렇다면, 베트남에서 현지 은행 통장을 개설해보자. 아무래도 우리나라 사람들이 베트남에 있는 현지 로컬은행에 가는 것보다는 의사소통이 비교적 원활할 수 있는 한국에서 진출한 은행(신한, 국민, 우리 등)에 가서 통장을 개설하는 게 더 원활할 것이다. 직원 중에는 한국어가 가능한 직원이 그래도 1명은 일하고 있는 경우가 많기 때문이다. 특히 신한은행은 하노이에서도 지점이 꽤 많아 편리한 곳이기도 하다.

현지 로컬에서 베트남 동화(VND,'동(dồng)'이라고 읽는다) 통장을 만들면 CD 출금 수수료가 붙지 않아서 좋다. 현지에서 한국 외환거래통장에서 이체나 인출하려면 복잡하거나. 수수료가 5만VND(약2천5백원)이 붙지만 현지 로컬 통장에서는 인출 수수료도 없고, 아파트 공과금도 일부 인터넷뱅킹을 활용하여 손쉽게 이용할 수 있으므로 로컬 통장을 만드는 게 바람직하다.

신한은행 베트남 쩐쥐흥(Tran Duy Hung) 지점

하노이 기준. 국내 은행 중 가장 많은 지점을 보유하고 있는 은행은 신한은행이다. 필자도 회사와 집 근처에 모두 신한은행 지점이 위치해있어 신한은행으로 개설하였다. 베트남어를 하지 못한다고 어렵게 생각하지 말자. 신한은행에서는 영어 또는 한국어를 할 수 있는 직원이 있으므로 직원에게 물어보면 어렵지 않게 통장을 개설할 수 있다.

통장 개설 시 여권은 반드시 지참해야 한다는 것은 잊지 말자. 그리고 특이한 것은 베트남 동화(VND) 통장과 달러(USD) 통장 2개 계좌 중 어느 것을 할지 물어본다는 것이다. 2개 통장 계좌를 모두 개설할 수도 있다. 필자도 2개 계좌를 모두 해달라고 하였다.

베트남 동화 통장뿐만 아니라 달러도 유통할 수 있으니 말이다. 신한 은행 SOL(VN) 앱을 통한 뱅킹도 하겠다고 하면 초기 아이디를 발급하여준다. 필자도 거의 SOL(VN) 앱을 활동하여 이체 등의 금융거래를 하였다.

거리 ATM기 모습

마지막에 종이카드('카드'라고 애기는 했지만 조금 두꺼운 종이에 가깝다. 크기는 신용카드 크기와 동일하다)에 동화 통장 계좌번호와 달러 통장 계좌번호가 적힌 카드를 준다. 우리나라와 같은 종이통장을 발급해 줄 것이라고 기대는 하지 말자. 종이통장은 안 주시냐고 물어봤더니 추가 수수료를 내야 종이통장을 발급해 준다고 한다. 실물 통장은 현지에서도 굳이 필요하지는 않으므로 패스.

그렇지만 체크카드(NAPAS)는 발급받아야 한다. ATM기에서 출금 등에는 필요하기 때문이다. 물론 이 역시 무료는 아니다. 일정 수수료를 받고 발급해준다. 필자 역시 체크카드는 필요하므로 약간의 수수료를 내고 발급받았다. 그리고, USD통장과 VND통장으로의 이체는 신한은행 앱을 다운로드하여 이를 활용하면 모바일로도 아주 쉽게 할 수 있다.

제10화 한국통장에서 베트남 통장으로 해외송금 해보자

* 이 글을 집필한 시점 이후 은행 앱 변경 및 최신 업데이트 정보와 내용이 다를 수 있으므로 이를 감안하시고 읽어주시기 바랍니다.

한국돈을 해외 송금하여 베트남 통장에서 받고자 한다면 가장 손쉽게 할 수 있는 방법은 바로 휴대폰에 은행 앱을 다운로드한 후 이체하는 것이다. 생각보다 쉽다. 요즘은 각 은행에서도 매우 편리한 유저인터페이스(U.I)를 만들어 놓고 있기 때문이다.

우리은행 기준으로 이체의 경우는「해외송금」으로 들어가야 한다. 송금금액이 미화 5백 불 이하라면 송금수수료는 2,500원이고, 전신료는 무료이다. 만약 미화 3천 불 이하라면 송금수수료는 5,000원이고 전신료는 면제이다. 즉 미화 3천 불 이하 송금 시에는 위와 같은 특별 수수료를 적용하게 된다.(수수료는 은행 정책에 따라 계속 변경될 수 있으므로 참고만 하시기 바란다).

자. 이제 자신이 사용하는 앱을 실행해보자. 필자는 우리은행으로 '거래 외국환 지정'을 해놓았기 때문에 우리은행 앱을 실행해보겠다. 외환/환전-해외송금-해외송금보내기-해외송금으로 이동한다.(만일 자주 쓰는 해외송금을 미리 등록해두었다면, 해외송금 보내기-자주 쓰는 해외송금으로 이동하면 편리하다)

첫 번째, 송금 목적 및 통화/금액 입력하는 부분이 나온다.

송금 목적의 경우 지급 증빙서류 미제출 송금의 경우 한 가지 주의할 점이 있는데, 송금 목적 리스트는 아래와 같이 구분되어 있다.

1. 가족, 친지에 대한 생활비, 축의금 지급.

2. 비거주자에 대한 증여,

3. 비거주자에 대한 차입금 상환

4. 무역대금

5. 용역서비스 대금

6. 보험료

7. 해외지사 경비

8. 유학 및 연수 관련 이전 거래

99. 기타

여기서 주의할 점은 8번「유학 및 연수 관련 이전 거래」를 선택하는 것이 아니라, 별도 하단의 카테고리 상의 해외 유학생 송금, 해외체재자 송금, 외국인/비거주자 국내 소득 송금(장단기 취업자), 대외계정의 해외송금, 비거주자 해외송금, 해외이주비 송금 등등이 있는데, 여기서 해외 유학생 송금을 선택해야 한다는 것이다.

통화 선택에서 우리은행은 베트남 동화(VND)로 선택하는 것이 없어서 미국 달러(USD)로 송금을 선택한다. 베트남 동화를 받고자 했으나 달러 통장(USD)을 기재한다고 했더라도 베트남 동화 통장(VND) 계좌번호를 변경하기 위해 추가 송장을 현지 은행으로 송부할 필요가 없다는 것이다. 송금액은 원화를 입력하면 자동 USD로 자동 계산된다. 중개수수료 부담은 보내는 분과 받는 분이 있는데, 원하는 방법으로 선택한다.

추가로, 이란, 북한, 쿠바, 시리아 등과 같이 해외송금 제한 국가의

경우는 송금이 되지 않는다(송금 제한 국가는 계속 변경될 수 있으니 이 역시 확인이 필요하다)

인터넷 해외송금 1회 이체한도는 USD 10,000으로 이를 초과할 때에는 송금 불가가 뜬다. 만일 은행에 미리 거래 외국환은행 지정(시중 은행중에 1개 은행만 지정이 가능하다) 신청 완료한다면 하단 주민등록번호만 기재하고 다음 단계로 이동될 수 있다. USD 10,000불이 넘어가면 국세청으로 신고하게 되어 있는데 유학자금으로의 송금은 신고되지 않는다. 만일 받는 분이 해외체재자/유학생 지정 등록자면 미화 10만 불 초과 시에는 해당 내용이 국세청으로 통보되며, 지정 고객 확인을 위해 유학생으로 지정 등록된 분의 주민번호를 입력하라고 나온다(여기서 주의할 점은 본인의 주민번호가 아닌 국제학교 다니는 자녀의 주민등록번호를 입력하는 것이다). 그렇게 되면 거래 외국환은행 지정 등록 사실이 확인되어 송금을 진행할 수 있다고 표시될 것이다.

또한, 거래 외국환은행 지정 시 제출되는 증빙서류의 유효기간이 있는데, 유효기간은 1년이다. 만일 유효기간 경과 시 송금이 불가하므로 한국으로 중간에 출장을 가거나 귀국할 기회가 생기면 증빙서류 제출에 대해 기억해뒀다가 은행에 가서 이 부분에 대해 연장을 신청해 놓는 것이 좋다. 재학증명서 등 재학 사실을 입증할 수 있는 서류를 제출하면 연장 가능하다. 국제학교에 따라 재학증명서의 경우도 형태가 상이한데, 별도 서식이 없고 학교장의 서명이 들어간 서신으로 갈음되는 곳도 있으니 국제학교 행정실에 문의해보기 바란다. 송금 시 수수료는 얼마 정도 될까? 수수료 출금계좌를 선택하고, 비밀번호를 기재하면, 수수료가 표시되는데 예를 들어, 약1천6백만원 이체 시 전신료 약8,000원, 중개수수료 약21,600원, 송금수수료 약

10,000원 정도가 붙어 총수수료가 약4만원 정도가 되니 참고하시면 될 것이다(수수료는 은행 정책상 변경될 수 있다). 한 가지 더 주의해야 할 점은 수수료가 추가되므로 해당 통장 내에 이체금액과 수수료까지 포함된 금액이 잔고에 남아 있어야 한다는 것이다. 잔고를 미리 확인해둘 필요가 있다.

또한, 은행 앱의 경우 일정 시간이 지나면 자동 로그아웃이 되므로 중간에 다른 일을 처리하다 보면 시간이 경과하면 처음부터 다시 기재해야 하는 번거로움이 생기게 된다. 현지 인터넷망에 따라 작성하는데 더 오래 걸릴 수도 있기 때문에 되도록 여유를 가지고 이체 작업을 시작하자.

베트남을 포함한 동남아시아의 경우 우리나라와 같은 인터넷 속도를 생각한다면 답답하거나 당황할 수도 있으므로 기한 전 미리미리 처리하는 것도 필요하다.

추가로 자주 쓰는 계좌의 경우는 '자주 쓰는 해외송금' 등록도 해두자. 송금 내용에 대해 이메일 통지도 받을 수 있다.

현재 베트남 로컬 통장 이체의 경우는 1회 이체한도는 최대 3억 VND(한화 약 1,500만원)까지 가능하다. 만일 이를 초과하는 경우에는 어떻게 될까? 은행에서는 금액이 초과되면 실시간으로 이체 처리되지는 않는다고 한다. 만일 초과되는 비용 이체가 등록되면 영업점에서 확인 후 최종 거래되므로 거래 완료 시까지 잔액을 유지해야 한다고 한다.

추가로 유의해야 할 부분은 당일 14시 30분 이전에 신청된 거래는 당일 처리되지만 14시 30분 이후에 신청된 거래는 다음 영업일에 처리될 수도 있으므로 유의해야 한다. 국제학교 등록금과 같이 기한이 있는 경우에는 더욱 그렇다.(특히 양국 간의 시차를 고려해두어야 한다.)

<잠깐! 주재원으로 살아남는 TIP>

이체에 있어 좀 더 상세한 사항을 설명해드리도록 하겠다.

1. 영문주소

보내는 분의 영문성명, 전화번호를 기입한 이후, 영문주소의 경우 국가명을 포함한 상세주소까지 기입하면 된다. 만일 정확한 영문주소가 아닐 경우 해외송금처리가 지연될 수 있으므로 미리 알아두어야 한다. 영문은 구글 주소를 참고하면 된다. 받는 분의 영문성명과 영문주소도 기재한다. 붙어 넣기가 되지 않는 경우도 있으므로 직접 타이핑으로 기재해야 하는 점은 다소 불편한 점일 수 있다.

2. 수취은행 정보

수취 정보에서 수취 국가와 수취은행 코드를 기재하는데, 수취은행 코드를 모를 경우 수취은행 지점명을 기재하면 된다. 추가로 수취은행 주소도 기재하게 되어있다. 수취은행의 인터넷뱅킹을 신청했다면 그 주소 정보를 활용하면 된다. 이제 마지막 단계로 입금계좌번호를 입력하면 끝이다.

3. 추가이체 정보(Details of Payment)

추가이체 정보의 경우 선택적으로 기입하면 된다. 교육목적이므로 Private Sector Education를 선택하면 된다.

주의할 점은 만일 오프라인의 작성을 해야 하는 경우에 있어 숫자에 유의하자. 베트남의 경우 숫자 1, 7의 구분을 위해 7자의 경우 가로로 가운데 밑줄을 긋는다는 것이다. 우리나라에서 쓰는 것처럼 숫자 7을 쓰면 상대방이 무슨 숫자인지 재차 물어보는 경우도 종종 있을 수 있다. 그리고 송금하기 전에 다시 한번 현지 계좌번호가 맞는지 확인해보자. VND 통장인지, USD 통장인지를 재차 확인하는 것이 필요하다. 만일 두 계좌를 혼동하여 잘못 보낸다고 하면, 은행에 따라 생각보다 복잡해질 수 있기 때문이다. 현지은행으로 송금된 상태가 되어, 변경 계좌 요청하는 송장을 재차 송부하고, 현지 은행에 사실을 통보하는 등의 어려움이 있을 수 있기 때문이다.

이제 송금 신청을 누르면 드디어 송금 완료가 된다.

<잠깐! 주재원으로 살아남는 TIP>

해외송금을 처리하기 전 먼저 준비해야 할 3가지가 있다. 그 이유는 해외송금 마지막 단계까지 아주 어렵게 작성했는데 앞으로 애기할 사항을 미리 준비해놓지 않으면 처음부터 다시 작성해야 하는 아주 번거로운 일이 발생될 수 있기 때문이다. 필자 역시 수 회의 시행착오를 거쳤기에 독자들의 경우 불편함이 없기를 바라는 마음으로 정리해보았다. 그 누구도 알려주지 않는 실제 경험해본 사람만이 전달해줄 수 있는 정보이니 사전에 잘 체크하면 도움이 될 것이다.

1. 첫째, **타 은행 공인인증서가 등록되지 있지 않았다면 우선 등록하고 시작할 것.**

이 부분이 가장 중요하다. 마지막 단계까지 정말 열심히 작성했지만, 마지막 공인인증서 인증 단계에서 타 은행 공인인증서가 등록되어 있지 않는다면, 이를 먼저 등록하기 위하여 처음부터 다시 작성해야 한다는 것이다.

2. 두 번째, **USD 5,000불 이상**(지급증빙서류 미제출 송금, 해외 유학생 송금)**이라면 은행 업무시간에만 가능하다는 것!**

대개 은행 영업시간은 16시에 끝난다. 필자 역시 정말 열심히 작성을 했는데 마지막 단계에서 송금이 되지 않아 알아본 결과 시차 계산을 잘못했었던 기억이 있다.

3. 세 번째, **현지 통화로 바로 송금이 되는지 사전 확인이 필요**하다.

현지 통화로의 바로 송금이 안된다면 현지 로컬 달러 통장 등으로 이체 후 다시 현지 로컬 VND통화로 이체하고 이후 필요시 국제학교에 재차 이체해야 하는 번거로움이 따른다.(다만 필자의 경우 경험상 바로 로컬 VND통화로의 이체를 통해 가능하였다)

4. 마지막으로, 해외에서는 인터넷망이 불안정한 경우가 많다. 베트남의 경우도 마찬가지였다. 해외송금 단계가 많기 때문에 중간에 끊기게 되는 경우도 발생되게 된다. 그렇게 되면 다시 처음부터 작성해야 하는 번거로움이 있을 수도 있다(실제로 필자도 앱 실행 이후 멈추는 경우가 더러 있어 여러 번 다시 시도하였다)

이와 같은 정보는 사소할 수 있지만 직접 경험을 통해 얻게 된 누구도 알려주지 않는 정보이므로 사전에 잘 체크 하시기 바란다.

제11화 베트남 로컬 통장에서
국제학교로 이체하기

현지 로컬 통장에서 현지 로컬 통장으로 베트남 동화(VND)를 보내야 하는 상황이 올 수 있다. 국제학교의 경우 달러(USD)와 베트남 동화(VND)를 받기 때문이다.

신한 SOL 베트남(VN) 앱을 다운로드하면 이체를 손쉽게 할 수 있다. 베트남어가 아닌 한국어로 안내가 되어 있기 때문이다. 한국은행 앱과도 큰 차이가 없으니 걱정하지 않아도 된다.

다만, 해외송금 시 국내 통장에서는 실시간 이체가 되나, 현지 로컬 통장으로는 바로 입금되지는 않으므로 국제학교에 입학금을 보내는 기한이 있다면 미리미리 처리하기 위해 준비해야 한다. 우리나라 인터넷뱅킹처럼 실시간으로 이체 가능한 상황이 아니기 때문이다.

해외 메이저 은행은 한국 내 시중은행과 환거래 계약이 체결되어 있어 중계은행을 거치지 않더라도 바로 입금이 되나, 해외 지방은행 등 소형은행의 경우(베트남의 경우 대부분이 소형 은행이다) 국내 시중은행과의 환거래 계약이 없으므로 중개은행을 거치게 되어 있다. 이 경우 수일 내지 길게는 일주일 넘게도 걸릴 수 있다고 한다.

따라서 은행 송금 기간을 고려할 때 유의해야 할 것이다. 필자의 경우는 현지 국내 은행의 로컬은행이어서 그런지 이체 송금한 지 약 3시간 내에 비교적 빠르게 송금 완료되었다. 또한, 갑자기 인터넷망이 연결되지 않는 경우도 종종 있을 수 있으므로 급하게 이체를 하려고 한다면 이런 경우 낭패를 볼 수도 있기에 미리미리 준비하는 게 필요하다.

해외송금이 아닌 베트남 로컬 통장에서 로컬 통장으로의 송금의 경우는 훨씬 쉽게 된다. 마치 한국에서의 이체와 동일한 과정을 거치면 된다. 오히려 인증의 경우가 덜 까다롭게 때문에 훨씬 쉽게 되는 느낌도 있다.

방법은 ①이체를 선택한 후 이체하려는 은행을 선택하고, ②송금금액은 USD, VND 중 선택할 수 있으며, ③하단의 통장 메모에 학생의 Admission No와 이름을 선택적으로 써주면 좋다. ④송금 목적의 경우 Purchasing assets(자산 구매)과 Others(기타)로 나눠지는데 others로 선택하고 진행하면 된다.

수수료는 11,000VND(한화 약550원) 정도로 저렴하다. 또한 '자주 쓰는 계좌관리'로 등록을 한다면 더욱 편리하게 이용할 수 있을 것이다.

제12화 베트남에서 신용카드가
만능이라는 생각은 버리자

우리나라는 신용카드 하나면 물건을 사거나, 교통카드로 사용할 때는 지하철, 버스 등 모든 것이 다 해결된다. 베트남에서도 이러한 생각을 가지고 현금이 없어도 신용카드 하나만 있으면 별다른 문제가 없겠지라고 생각하면 오산이다.

수도 하노이에서 비교적 번화가인 쭝화(Trung Hoa) 지역 1층 도로에 인접한 분짜 집에서도 분짜를 먹고 나와 신용카드로 결제하고자 했지만 현금을 내라고 하는 경우도 있다. 베트남에서 모든 구매가 신용카드로 해결될 것이라는 생각은 버리자. 어느 정도의 현금은 필수적이다.

한 가지 더 문제는 한국에 있을 때는 현금지급기가 편의점을 포함하여 곳곳에 있어 크게 불편함이 없었지만 베트남은 현금지급기를 찾기가 생각보다 쉽지 않다. 필요한 현금은 미리미리 찾아 두는 게 필요하다. 그런데 알다시피 베트남 돈은 동전이 없다.

우리나라의 50원(1,000VND), 100원(2,000VND) 동전도 모두 종이 지폐이다. 그러다 보니 보관하고 다니기가 여간 불편한 게 아니다. 한국에서는 잘 사용하지 않는 장지갑을 손에 들고 다니는 것도 불편하다. 뒷주머니에 넣고 다니기에는 소매치기당할 확률을 높이는 일이다. 그렇지만 거스름돈이 점점 쌓이다 보면 1천VND짜리 지폐가 지갑에 수북이 쌓이는 경험을 하게 될 것이다. 필자도 쌓아둔 지폐를 음료수 사 먹을 때 또는 택시비를 지불할 때 한꺼번에 낸 적도 있다.(물론 좋아하지 않을 수 있으므로 바쁘지 않을 때만 지불하자!)

택시의 경우 베트남에서는 '동남아의 우버'라고 불리는 그랩(Grab) 택시를 주로 이용한다. 그랩 기능 중에 지불 방법을 신용카드로 하여 미리 등록해놓는 방법이 있으나, 그랩에 개인정보인 신용카드 등록을 다소 꺼려하시는 분도 있기 때문에 현금으로 지불하는 경우도 많다. 이 경우에 있어서도 역시 현금이 필요하다.

오토바이는 베트남의 주 이동수단이다.

베트남은 대중교통카드가 없다. 그 이유는 아직 대중교통이 활성화 되어 있지 못하기 때문이다. 지하철은 아직 초기단계이다.(2022년 초 하노이에 1개 노선이 개통되었으나, 대부분의 베트남인들은 오토 바이를 주 이동수단으로 사용하고 있다). 버스의 경우도 현금을 내 고 있는 등 모든 경제활동에서 현금은 필수적이라 할 수 있다.

이렇든 베트남에서 현금이 필요한 이유는 베트남이 아직은 신용사회가 정착되지 못하였기 때문이다.

비번 번호 4자리가 아닌 6자리!

베트남에서는 비밀번호를 누를 때 오류가 날 확률이 상당히 높다. 그 이유는 바로 비밀번호가 6자리이기 때문이다. 한국에서의 비밀번호를 생각해서 4자리 비밀번호를 계속 누르다 보면 어느 순간 사용이 정지되어 버린다. 이럴 경우에는 어쩔 수 없이 다시 은행 지점에 가서 비밀번호 락을 풀어야 하는 번거로움이 뒤따른다.

처음 통장을 개설할 때 6자리 비밀번호를 잘 기억해 두고, ATM기 등을 이용할 때는 6자리를 제대로 누르자. 또한 비밀번호를 잊지 않기 위해서는 우리가 익숙한 비밀번호 4자리를 그대로 쓰고 뒤에 두 자리의 경우는 00으로 기입해놓는 경우도 흔한 경우이다. 이러한 방법이 기억하기도 편리할 수 있다.

그리고 ATM기를 이용할 때에는 영수증도 반드시 챙기도록 하자.(베트남 카페에서 음료수를 주문할 때도 영수증을 나중에 확인하는 경우도 있으므로 영수증은 잘 챙기도록 하자). 출금이 제대로 나오지 않는 등 나중에 문제가 생겼을 때 영수증으로 증빙을 해야 하기 때문이다. 황당한 일일 수 있지만 ATM기 출금이 제대로 되지 않는 경우도 있다고 들었다.

<잠깐! 주재원으로 살아남기 TIP>

만일 한국에서 은행 OTP 카드를 사용하고 있었다면 주재원으로 나오기 전에 뒷면에 있는 유효기간(VALID)을 반드시 확인하자. 파견 나온 이후 유효기간이 지나 OTP 카드를 이용할 수 없게 된다면 낭패이다.

카드형 OTP 등을 가지고 있다면, 각자의 이용패턴에 따라 건전지 소모 시간도 짧아질 수 있으므로 대략 2년 정도 사용했다면 아예 카드형 OTP를 교체해서 나가는 것도 안전한 방법이다.

또한, 베트남으로 파견 올 때 한국 휴대전화 번호를 아예 해지하는 경우도 있는데, 생활하다 보면 각종 인증번호를 한국 휴대전화로 받을 때가 필요로 하므로 해지를 해버리고 나면 인증번호를 받지 못하는 곤란함이 많이 생길 수 있다는 점도 고려해두기 바란다.

———— ✃ ————

베트남에서 흔히 볼 수 있는 금고

베트남은 아직 은행에 저축하는 것보다는 현금을 집에 보관하는 것을 더 좋아한다. 그래서인지 베트남 집에는 흔하게 금고를 볼 수 있다. 아마 아파트 월세 집을 찾으러 베트남 분들 사시는 곳을 둘러보게 되면 집에서 흔하게 보이는 것이 바로 금고이다. 금고도 보통 금고가 아니라 꽤 크고 무거운 금고이다. 우리나라에서는 이 정도의 금고가 있는 집 정도 되면 상당히 부자로 생각하고 있겠지만, 여기는 아니다. 보통 베트남에서는 은행에 현금을 예치하기보다는 현금을 금고에 보관하는 것이 안전하다고 생각하는 것 같다. 이러한 이유에서인지 금고 자체를 파는 상점도 거리에 종종 눈에 띈다. 주변 베트남인 지인에게 물어봐도 집에 한 개씩 금고를 통상적으로 가지고 있다는 답변을 듣곤 한다.

베트남 사람들은 왜 돈을 은행에 예치하지 않고 집 금고에 보관해두는 걸까? 베트남 거리를 걷다 보면 은행 이름이 모두 제각각 다르다는 것을 알 수 있을 것이다. 한국 S은행 베트남 지사 본부장인 지인이 베트남 은행에 대해 이렇게 얘기하는 것을 들었다. "베트남은 아직 중·소 규모의 은행들이 수십 개나 난립되어 있기 때문에 우리나라와 같이 향후에는 은행 간의 구조조정이 필연적으로 발생할 것이다"라는 것이다. 즉 아직 베트남의 은행들은 자신들의 전재산인 돈을 믿고 맡길 만큼 안전하다는 생각을 국민들에게 주지 못하는 것 같다. 오히려 은행보다는 금고를 더 신뢰하는 것으로 생각된다.

특히, 은행의 ATM기나 인터넷뱅킹의 경우에도 갑자기 ATM기가 고장 나서 출금을 해야 하는데 하지 못하는 상황이 온다거나, 인터넷망 고장으로 이체를 해야 하는 경우에 제때 이체를 못하는 경우를 경험하고 나면 은행보다는 금고에 넣고 다녀야겠다는 생각이 들지도 모른다.

아파트 전기세, 앱으로 간편하게 납부!

신한은행 로컬 통장을 개설하였다면 이제 신한은행 베트남(VN) 모바일 앱(APP)을 다운로드하여보자. 앱을 통해 은행 지점에 직접 가지 않고 아파트 전기세를 한번 납부해보자. 생각보다 쉽고 편리하게 되어 있음을 알 수 있을 것이다.

전기세 납부 처리절차를 좀 더 상세히 살펴보면, 앱에 "공과금 납부 등록" 항목이 있다. 서비스는 "Electricity(전기)"로 지정한다. 서비스 제공업체의 경우는 해당되는 전기 서비스 제공자가 자동적으로 지정될 것이다.(필자가 살았던 아파트인 경남랜드마크 아파트의 경우 'Power Companies(EVN)'으로 자동으로 선택된다)

만일 전기 서비스 제공자 확인이 필요할 경우 해당 내역을 클릭하면 어떤 회사인지에 대한 안내가 나오게 된다. 해당 아파트 고지서에도 회사명이 명시되고 있으므로 고지서를 확인해도 된다.

고객 코드를 기입하는 내용이 나오는데 오프라인 고지서상 "PD"로 시작하는 숫자가 바로 고객 코드이다. "다음"을 클릭하면 결제 송금 금액이 자동적으로 나오게 된다. "확인"을 누르면 계좌 비밀번호 4자리를 누르게 되고, 이후 모바일 OTP 번호 6자리를 누르게 되면 송금은 아주 간편하게 끝난다.

한번 입력하면 그다음 달부터는 "최신 거래"를 클릭하면 위 사항이 자동으로 기재되므로 더욱 쉽게 처리할 수 있다. 오프라인 은행에서도 처리 가능하나 간편하게 처리할 수 있는 앱으로 간단하게 처리해 보자.

소액(신고 예외 자본거래는 건당 USD 5,000 이하, 만일 'USD 5,000 초과 시~USD 50,000 이하의 경우 거래 외국환은행 지정 후 송금이 가능)을 현지 로컬 통장으로 송금하는 방법의 경우, 신한은행은 보통예금통장에서 외화 체인지업 통장으로 이체한 후 외화 체인지업 통장에서 재차 현지 로컬은행으로 이체를 해야 하는 구조이다.

송금 사유는 유의해야 하는데 본인 통장으로 거래 시에는 '신고 없는 자본거래 송금'으로 지정해야 한다.

제13화 베트남 현지에서
휴대폰을 개통해보자

베트남에 가서 휴대폰 개통은 우리와 같은 통신사 대리점에 가서 가입을 하면 된다. 비엣텔(Viettel)이 베트남에서 기지국이 가장 많이 있고, 주변 사람들도 가장 괜찮다고 하여 가까운 이곳 대리점에 가서 개통을 하였다. 비엣텔 이외에 모비폰(Mobiphone)도 있다. 대리점에 갈 때는 되도록 아는 베트남 지인과 같이 가는 것을 추천드린다. 여권도 지참해야 하니 잊지 말자.

전화를 개통하러간 Viettel 대리점 모습

베트남 전화를 개통하기 위해서는 전화번호를 선택할 수 있도록 되어 있다. 우리나라의 앞번호는 주로 010이지만 베트남은 앞번호부터 모두 다르기 때문에 본인이 좋아하는 숫자에 따라 선택이 가능하다. 그렇다고 전부가 임의의 숫자로 채워지는 것은 아니고, 대리점에 있는 키오스크에서 가능한 앞번호 숫자 중에 고르게 되어 있다.

베트남인들이 좋아하는 행운의 숫자는 9이므로 숫자 9가 들어간 앞번호의 경우 베트남인들이 많이 사용하고 있는 것으로 보인다. 특이한 것은 베트남인들이 싫어하는 숫자 중에 하나가 바로 3이라는 것이다. 필자는 숫자 3을 좋아해서 번호를 고를 때 숫자 3이 들어간 번호를 골랐는데 키오스크상에 남아있는 숫자가 9가 없고 3이 많은 이유를 나중에 알게 되었다. 숫자 3은 베트남 사람들에게는 불운의 숫자로 인식을 하고 있는 것 같다. 참고로 베트남인들이 싫어하는 숫자는 3, 4, 5, 13이다(물론 사람마다 다를 수 있다).

만 일, 핸드폰을 현지 대리점에 가서 현지 폰으로 바로 개통하는 경우도 있겠지만, 시간상 여의치 않을 경우 한국에서 가져간 핸드폰을 일정기간 그대로 이용해야 할 경우도 생길 수 있다. 이때에는 단기간 해외 로밍을 이용하는 것도 생각해보자. 예를 들어, SKT의 경우 baro요금제를 두어서 3G(최대 7일)에서 7G(최대 1개월)까지의 상품을 두고 있다(특정 통신사와 개인적 관계는 없음을 밝힌다). 한가지 주의해야 할 것은 요금제 가입 이후 데이터를 단 1회만 사용할지라도 요금 전액이 청구된다는 것이다. 본인의 사정에 따라 적정한 기간을 선택하여 요금제에 가입하여 사용하면 된다. 베트남에서 WIPI를 이용하면 되지 않을까라고 생각하시는 분이 있다면 그 방법의 경우 그다지 추천해주고 싶지는 않다. 한국 환경에 비해서는 많이 불편할 것이다.

베트남의 핸드폰 요금체계

베트남의 핸드폰 사용 요금체계는 한국과는 다소 다르다. 첫 번째 다른 점은 본인이 필요한 만큼을 충전해서 사용한다는 점이다. 그다음에 여러 다양한 상품을 가입한다. 비엣텔(Viettel) 기준으로 *101# 전화하고 충전 금액이 조금이라도 있으면 전화 및 인터넷 사용이 가능하게 된다. 본인이 많이 사용하지 않을 경우에는 상품을 가입하지 않아도 되겠지만 조금이라도 사용한다면 상품에 가입하여 이용하는 것이 바람직할 것이다.

만일, MIMAX70이라는 상품에 가입하고 있다고 하면 191 번호로 문자를 "MIMAX70"이라고 보내면 된다. 한 가지 유의점은 MIMAX70 상품에 가입하고 취소(191 번호로 문자 "HUY")를 안 하고 계속 충전하면 계속 그 상품에 가입되어 이용하는 시스템이다. "My Viettle" APP을 다운로드하면 자신의 데이터가 얼마 남았는지 충전금액이 얼마인지 한눈에 알 수 있어 편하다.

제14화 베트남에서의 대중교통
수단

앞서 설명했던 바와 같이 베트남은 우리와 같은 편리한 지하철 노선은 없다. 수도 하노이에 지상철 1개 노선이 2022년에 개통되었지만 이용률이 저조한 편이고, 남부 최대 도시 호찌민시에는 공사 중에 있을 뿐이다. 아직까지는 주로 인스타그램과 페이스북에 사진 촬영 용도로 이용하는 것으로 보일 뿐이다. 이러한 이유는 하노이 시민들의 주요 이용수단은 바로 오토바이라는데 있다.

오토바이는 집 차고에서 목적지까지 도어 투 도어(door-to-door)로 이동할 수 있는 베트남인들에게는 아주 어릴 때부터 타고 다닌 아주 매우 편리한 이동수단인데 비하여 지상철은 정거장까지 걸어가고, 다시 타기 위해 계단을 올라가야 하고, 표를 사고, 다시 내려서 재차 목적지로 이동해야 하는 일련의 행동들이 베트남인 입장에서는 매우 불편하기 때문이다. 이러한 동선은 베트남인들에게는 아직 익숙하지가 않다.

어떻게 보면 오토바이는 경제성장기에 있는 베트남 입장에서 매우 효율적인 이동수단이었겠지만 향후 산업 등의 변화에 따라 교통수단도 변화가 불가피하지 않을까 생각된다. 다만, 혹자는 베트남에서 지하철이 정착되기 위해서는 약 10~20년 이상은 걸릴 것이라는 전망을 내놓기도 하는데 버스 등과의 연계 서비스 등 갈길이 아직 멀다.

또 다른 대중교통 수단이라고 할 수 있는 버스의 경우도 사정은 좋지 못하다. 버스의 경우 일단 노선 자체가 많지 않고, 우리나라와 같은 전용차선이 별도로 있는 게 아니라서, 출퇴근 시간이면 수많은 오토바이가 주변에 있게 되므로 제대로 속도를 낼 수가 없다. 당연히 오토바이에 비해 느린 버스를 타고 출퇴근을 하는 베트남인의 숫자는 적을 수밖에 없고, 승객이 적다 보니 버스에 대한 투자 자체를 하는 것도 쉽지 않을 것이다. 사정이 이렇다 보니 지하철과의 연계 체계는 아직 시기상조일 뿐이다(다만, 버스 비용은 7,000 VND(한화 약350원)으로 비싸지는 않으므로 경험상 타 보기를 추천한다).

그에 비하여 오토바이의 경우 거칠 것이 없다. 출퇴근 시 차도가 막히면 오토바이는 정차해있는 버스와 차량 사이를 달릴 수도 있고, 필요시에는 인도로 올라가서 달릴 수도 있다(베트남에서는 출퇴근 시 교통정체가 생겼을 때, 인도로 오토바이가 간다고 해도 크게 불평하지 않는 분위기니 인도로 걸을 때 항상 조심해야 한다. 특히 비가 오는 날은 더욱 심하다).

제15화 베트남에서 직접 운전을 해볼까?

교통 상황이 이렇다 보니 베트남에서 차량 또는 오토바이를 직접 운전하고 싶은 욕망(?)이 생기게 된다. 그렇다면 베트남에서의 도로 사정은 어떨까? 베트남에 도착하면 유독 차량 경적소리를 많이 들을 수 있다. 한국에서는 위험한 상황이 아닌 경우에 있어 경적 소리를 내게 되면 상대방 기분이 상할 수도 있기 때문에 서로 경적을 울리는 것을 자제하는 경우가 많다. 그런데 베트남에서는 경적에 대해 관점이 한국과 다르다.

기본적으로 베트남에서는 차량을 추월할 때 경적을 울리도록 도로교통법상 규정되어 있다. 즉, 내가 지금 당신의 차량을 추월할 테니 주의하기를 바란다는 의미로 생각하면 된다. 그런데 이러한 규정이 무슨 필요가 있을까라고 생각할 수도 있지만, 베트남에 실제 생활하다 보니 필요한 규정이라는 생각이 든다. 왜냐하면 오토바이와 차량이 뒤섞이면 사실 중앙선과 차선이 무의미한 경우가 많아지고, 서로가 서로를 추월해야 하는 경우가 상당히 많이 발생되기 때문에 경적을 통해 나름대로의 규율을 지키고자 하는 것으로 이해될 수 있다. 혼돈 속의 질서라는 말이 맞을 듯하다.

신호체계가 무색한 교통 혼잡구간

실제 중앙선의 경우도 실선으로 되어 있는 도로들이 하노이에서는 많이 보이고, 심지어 역주행을 하는 차량과 오토바이도 있어 운전하기에는 쉽지 않은 도로 사정인 것은 틀림없다. 한국에서 수십 년간 무사고 경험을 가진 베테랑 운전자의 경우도 이 도로 위에서 운전대를 잡는 것은 상당한 용기를 갖지 않고서는 하기 힘드리라 생각된다. 운전하다가 자칫 인명사고라도 발생된다면 베트남 사람들과의 언어소통도 쉽지 않고, 보험체계도 제대로 갖춰있지 않은 상황이기 때문에 분쟁이 빠르게 해결되기보다는 소송으로 장기화될 여지도 있기 때문이다.

무질서속에의 질서(?)를 지키며 살고있는 하노이 회전교차로

94

교통신호체계 역시 우리나라와는 다소 상이하다. 우회전시 별도 신호를 받고 가야 하는 곳도 많이 있으며, 일방통행 도로의 경우도 표지판이 우리나라처럼 잘 보이지 않는 곳에 있어서 현지인들도 헷갈리는 지역이 많다. 이런 곳에서 교통 공안들이 꼭 단속을 한다. 심지어 어떤 도로는 오토바이 전용인 곳인데 도로에 익숙한 운전자마저도 공안이 잡은 이후에 이유를 설명 듣고 그제야 아는 경우도 있는 등 실제 현지인들도 어려움을 토로하는 경우를 많이 들었다.

아무튼 결론적으로 국제 운전면허증을 베트남에서 별도 신청하여 받으면 운전은 가능하나, 되도록 자가운전은 지양하자.

추가로 필자가 직접 경험한 교통사고를 공유해드리면, 정지해있는 SUV 차량을 오토바이가 부딪혔으나 서로 내리지도 않고 그냥 가버린 황당한 상황(아마 큰 사고도 아니고 오토바이를 잡아 봤자 보험도 들어있지 않을 거라는 것을 알고 있다는 듯이 아무런 조치를 하지 않음).

짐을 한가득 실은 오토바이가 미끄러지면서 운전자가 넘어져 크게 다친 것으로 생각되어 깜짝 놀랐으나, 이내 운전자가 일어나서 짐을 싣고 유유히 사라진 상황(한국 사람 입장에서는 큰 사고로 생각되는 경우이나 베트남 분들은 오토바이를 타고 가다가 넘어지는 것 정도는 대수롭지 않게 생각하는 듯 보임).

퇴근길 택시를 타고 가다가 후미 충돌사고가 났는데 이때는 택시기사끼리 말다툼이 있어 무려 30분 동안 택시 내에서 기다렸던 상황 등이 있다. 베트남에서는 가벼운 사고의 경우 서로 '콤싸우(Khong Sao)' 문화가 있어 그냥 서로 넘어가는 경우가 많지만 큰 사고 또는 인명사고의 경우에는 공안도 출동하기 때문에 그 처리가 쉽지 않다.

이제 선택은 여러분의 몫이다.

제16화 베트남 택시요금에서
마침표와 쉼표 차이를 기억하자

이렇듯 베트남에서의 대중교통도 불편하고, 자차 또는 오토바이를 직접 타는 것도 위험하고, 그렇다면 답은 하나다. 바로 동남아의 우버(Uber)라 불리는 그랩(Grab)이다. 그랩은 외국인들에게 매우 최적화되고 합리적인 대중교통 체계이다. 운전자의 사진과 함께 신상이 모두 나오게 되어 안전하고, 요금의 경우도 그랩을 잡는 때 확정된 요금을 내게 되어 바가지 쓸 일도 없다.

비교적 안전한 베트남 마이린(Mai Linh)택시

그랩 이외의 베트남 택시를 직접 잡아 이용하는 경우에 주의해야 할 점이 바로 바가지요금이다(모든 택시가 그렇다는것은 아니다).

베트남 택시의 요금체계는 특이하게 택시회사마다 다르다. 하노이 시에서 가장 많이 보이는 마이린(Mai Linh) 택시(초록색에 베트남 어로 Mai Linh이 쓰여있는 택시)의 경우 기본요금은 2만VND(한화 약1천원)이다. 그런데 여기서 유의해야 할 부분은 미터기에 2만VND 이 20.00으로 찍힌다는 것이다. 쉼표가 아니라 마침표를 찍는다는 점에 주의하자. 미터기를 보는 방법은 비교적 간단하다.

그러나 처음 베트남을 방문하는 한국 관광객들이 가장 혼동되는 부 분이 아닐까 생각된다. 20.00은 베트남 돈으로 얼마일까? 2.000VND(한화 약1백원)일까? 그러기에는 택시요금이 너무 싸다. 중간에 마침표가 찍혀있으니 뭔가 그 앞의 "20"이 의미 있는 숫자 일 텐데 20만원? 2만원? 목적지에 도착하자 50.00이 찍혔다. 얼마를 내야 할지 몰라 우물쭈물하고 있을 때 택시기사가 손을 내밀면서 지 갑을 통째로 주면 가져가겠다는 의미로 지갑을 달라고 한다. 급한 나머지 지갑을 주면 주섬주섬 얼마인지는 모르지만 여러 지폐를 가 져가고 땡큐를 연달아 말한다. 아마 이런 경우를 당할 수 있기 때문 에 미터기 보는 법은 정확히 알고 가자.

미터기에 50.00이 쓰여있을 때 마침표는 우리식으로 보면 쉼표라고 생각하자. 그러면 50,00이 된다. 베트남의 경우 돈 단위가 커서 대 개 뒤에 세 자리 숫자를 지우고 숫자를 부른다. 예를 들어 십만 VND(100.000VND)의 경우 베트남어로는 100을 의미하는 '못짬 (một trăm)으로 읽는다. 원래는 10만VND의 경우 '못짬닌동(một trăm nghìn đồng)이라고 불러야 하는데 이를 줄여서 부르는 것이다. 즉, 미터기 마침표 앞에가 천 단위라고 생각하면 된다. 100이라고 적혀있으면 10만VND(한화 약5천원)을 의미한다. 그러면 50.00은? 마침표 앞에 숫자가 50이므로 5만VND(한화 약2천5백원)을 의미한다.

기본요금은 20,000VND(한화 약1천원)이다.

처음에는 헷갈릴 수 있지만 여러 번 보다 보면 쉽게 눈에 들어오니
연습을 해보시기 바란다. 택시를 처음 탈 때 미터기에 기본요금
20.00의 뜻은 20,000VND라는 뜻이다. 즉 기본요금 기본요금 그래
야 위 사례처럼 택시기사가 손님의 지갑에서 돈을 빼어가는 일을 당
하지 않게 된다.

예를 들어, 처음 하노이에 도착하는 곳인 하노이 외곽에 위치한 노이바이 국제공항에서 한국 주재원 회사가 가장 많이 밀집해있는 지역인 쭝화(Trung Hoa) 지역 참빛 빌딩(Charmvit)까지(약 27km)의 택시비는 약38만동(약1만9천원) 정도 되며 이는 택시 미터기로는 380.000으로 찍혀있을 것이다. 이를 보고 3백8십만VND(한화 약19만원)을 주면 안 된다는 것이다.

또 다른 예로, 참빛 빌딩(Charmvit)에서 롯데타워가 있는 낌마(Kimma) 거리(약 3km) 까지는 약8만VND(약4천원) 정도라고 생각한다면 대략적으로 감이 올 것이라 생각된다.

거스름돈은 반드시 앉아서 받을 것!

거스름돈이 있을 경우는 반드시 앉아서 받아야 한다. 베트남에서는 우리나라와는 다르게 만일 돈을 내고 내리려고 문을 열면 택시기사 아저씨는 거스름돈은 가지시라는 keep the change 의미로 받아들인다.

아마 문을 열고 나가는 즉시 출발하려 할 것이니 위험하기도 할 것이다. 반드시 앉아서 거스름돈을 받고 나갈 것! '거스름돈 주세요'(Cho tôi tiền thối lại ; 쩌 또이 띠엔 터이 라이)를 하면 된다.

1,000동에 목숨 걸지 말자!

택시를 타거나, 물건을 계산할 때 때로는 1,000동을 거슬러주지 않는 경우가 있다. 아니 많다. 필자의 경우 주로 그랩 택시를 타고 이동하면 32,000동~36,000동 사이가 나오는데, 거스름돈이 없어서 4만동 또는 5만동을 주면 10번에 2~3번 정도는 1,000동을 빼고 거스름돈을 준다. 생각보다 적게 받는다는 느낌이 있고, 1,000동이면 큰돈이라 생각되지만 알다시피 1,000동이면 50원 동전이다.

하노이 사범대 랭귀지 스쿨 현지인 교수님에게 여쭤봤더니 1,000동의 경우 가치가 낮아 안주는 경우도 있지만, 대형마트나 상점에서는 거스름돈이 없을 경우 그와 상응하는 캔디 또는 껌으로 대신 주는 경우도 있다고 한다. 다만, 어떤 가게에서는 거스름돈이 없을 때는 그냥 안주는 경우도 있다고 한다.

아무튼 택시에서 내릴 때 1,000동 안 줬다고 싸우지 말자. 나중에 택시나 물건을 살 때 오히려 1,000동을 깎아주는 경우도 흔하다. 그리고 베트남 택시 아저씨들 무서울 수도 있다. 1000동에 목숨 걸지 말자.

그랩을 제외한다면 어떤 택시를 타야할까?

베트남 택시를 처음 보면 생긴 모습이 정말 모두 제각각이다. 택시 회사마다 모두 달라 다소 혼란스러울 수도 있을 것이다. 하노이에서만 약 20여 개가 넘는 크고 작은 택시회사가 영업 중이라고 한다.

초록색의 마이린(Mai Linh) 택시를 타자

그중에서 일반적으로 안전하다고 알려진 초록색의 마이린(Mai Linh)이라고 쓰여있는 택시를 타는 것이 가장 안전하고 좋다. 마이린 기사는 하얀 티셔츠에 초록색 넥타이를 하고 있어, 서비스에 대한 마인드가 타 택시에 비해서 나은 편이고, 베트남 현지에서 여러 택시를 타 본 경험상 미터기에 나온 그대로 택시비를 받는 정직하고 신뢰성이 있는 택시이다. 비슷한 색깔의 다른 택시도 있으므로 반드시 마이린(Mai Linh)글자를 확인하자.

다른 택시의 경우는 너무 짧은 거리를 가자고 하면 흥정을 하는 경우가 종종 있는데 이때 통상적으로 미터기로 가는 요금보다는 약 20,000VND(한화 약1천원) 이상의 과도한(?) 요금을 요구하는 경우가 많다. 예를 들어, 30,000VND(한화 약1천5백원)이면 가는 거리를 50,000VND(한화 약2천5백원)을 요구하는 경우가 있다.

더욱 난감한 것은 이러한 과도한(?) 요구를 처음 택시를 탈 때 흥정을 하는 경우도 있겠지만 내릴 때 하는 경우가 있다는 것이다. 경우에 따라서는 막 화를 내면서 돈을 달라고 하는 택시기사를 만날 수도 있다. 이럴 때는 싸우려 하지 말고 그냥 주고 내리자. 괜히 영어나 한국어로 화를 내면 상대방도 알아듣지 못하는 경우도 있고, 1천원에 일을 더 크게 만드는 경우도 있을 수 있기 때문이다. 그냥 경험 비로 생각하고 1천을 주는 게 맘 편하다. 필자도 처음에는 베트남어로 싸운 적도 있었지만 이후로는 되도록 그랩만 이용하니 그럴 일도 없어져서 맘 편히 택시를 이용하였다.

호찌민시의 경우는 하얀색의 비나선(VINASUN) 택시가 많고 안전하다고 하니, 주로 마일린(Mai Linh)과 비나선(VINASUN) G7 정도의 택시로 한정하고, 되도록 그랩 택시를 이용하는 것이 바람직하다.

베트남은 다양한 종류의 택시가 운행하고 있다.

그랩 택시의 최대 장점은 앞서 설명드린 것처럼 택시를 타기 전 확정된 금액을 볼 수 있다는 것이다. 이 점이 대략적인 택시요금이 나오는 우리나라의 카카오T 택시와는 다소 다른 점이다. 길이 막혀서 1시간 넘게 걸려도 이와 관계없이 타기 전 확전 된 금액을 낸다는 것이다. 그러다 보니 그랩 기사들은 승객을 좀 더 빠르게 모셔다 드리기 위해 가장 단거리로 가려고 노력하고, 속도도 매우 빠르다. 물론 하노이시의 교통체증은 그랩 택시의 속도를 용인해주고 있지는 않지만 말이다.

베트남 시내에서의 평균속도는 50-60km 정도밖에 나오지 않는다. 빨리 가고 싶지만 워낙 오토바이가 많다 보니 빠른 속도로 달리기가 쉽지 않다. 그러다 보니 자연스레 속도위반을 낼 수 조차 없게 된다. 아마 이 부분은 현지에 가보면 바로 체감할 수 있을 것이다. 좌우로 바짝 붙은 오토바이 때문에 속도를 내고자 해도 쉽지 않다. 모든 차량들이 오토바이를 의식하고 있는 걸 알 수 있다.

그랩 택시를 이용할 때 4인승이 7인승에 비해 5K(한화 약250원) 정도 싸지만 4명이 이동할 때는 4인승은 좀 불편할 수 도 있으므로 7인승을 이용하는 게 좋다. 트렁크 물건을 넣어야 하는 상황도 4인승보다는 7인승이 좋다. 다만, 7인승 그랩 택시는 4인승에 비해 많이 없으므로 7인승을 타기 위해서는 조금 더 기다려야 하는 경우가 많다. 7인승을 타기 위해서는 대략 3분~5분 정도는 더 기다리는 것이 일반적이라고 생각하면 된다.

베트남에서의 주차 환경

베트남에서 차량과 오토바이 운전에서 편한 이유 중 하나가 바로 주차이다. 베트남에서 주차위반으로 딱지를 때는 경우를 거의 보지 못했다. 주차는 정말 아무 곳이 다 된다. 심지어 우리는 상식적으로 이해가 되지 않는 일이지만 인도에 주차를 해도 아무 상관이 없다. 보행자가 적을뿐더러 인도를 걷는 사람도 차량을 만나면 아무 불평 없이 그냥 도로로 내려와서 걷는다. 오토바이의 경우는 대부분 인도 위에 올라와 주차를 하고 있으므로 이러한 일은 베트남에서는 비일비재한 일이므로 주차의 경우는 우리나라에 비해 스트레스를 정말 받지 않을 거라 생각한다.

한국에서는 잠시 주차를 할 때, 전화번호를 올려놓거나 잠시 주차 중 등을 운전석 또는 보조석에 써놓는 경우가 많다. 주변에 주차장이 많지 않을 경우나 바쁜 업무를 잠시 보고자 하는 경우에 깜빡이를 켜고 가면서 말이다. 베트남에서는 기본적인 교통수단은 알다시피 오토바이이다. 오토바이 주차 상점 앞에 바로 주차(?)를 하면 되고, 상점 정문에는 수위 아저씨(?)가 오토바이를 지켜주기까지 하므로 이런 문구를 적을 필요도 없다.

그런데 승용차의 경우는 차도에 주차를 해야 하므로 잘 모르는 곳이라면 베트남어로 어떻게 써놓아야 할지 난감할 때가 있다. 이때는 "썬로이(Xin lỗi ; 죄송합니다)"라는 표현을 쓰면 된다. 베트남 분들은 보통은 아무 메모 없이 그냥 주차하는 경우가 대부분이므로 이 문구를 쓰면 충분히 예의를 갖춘 것으로 생각하면 된다.

만약 주차하지 말아야 할 곳에 주차한 경우 아래와 같은 글이 차에 붙어 있는 것도 볼 수 있을 것이다. "쎄데보쥬엔(xe để vô duyên ; 부주의하게 주차했네요!)"(xe는 자동차, để는 두다, 위치하다, vô duyên은 부주의하게라는 뜻) 즉 "(당신의 차가) 부주의하게 주차했네요!"라는 뜻이 된다. 유사한 말로는 "도우쩨싸이쪼(đậu xe sai chỗ ; 잘못된 장소에 주차했네요!)"라는 말도 있다. 이 경우 당신의 불법 주차에 대해 화가 난 것이니 다른 장소로 옮기는 게 현명하다.

제17화 베트남이 오토바이 천국이라 불리는 이유?

베트남이 오토바이 천국인 이유는 무얼까? 단순히 오토바이가 많아서? 그건 아닐 것이다. 그렇다면 오토바이가 많은 이유는 무엇일까? 왜 베트남은 오토바이의 천국이라고 불리는 것일까? 답은 베트남에 와서 살다 보면 수긍이 간다. 베트남에서는 오토바이 타는 것이 정말 편하기 때문이다.

베트남 수도 하노이는 오토바이에는 거의 최적화되어 있는 도시이다. 학교, 쇼핑센터와 같이 큰 장소에는 우리나라에 주차빌딩이 있는 것처럼 여기는 오토바이만 주차할 수 있는 주차빌딩이 별도로 있다.

빅C마트 오토바이 전용주차장 출구

오토바이 주차빌딩 출구를 보면 자동차 출구와 같은 차단기와 함께 주차요금 수납후 게이트를 통해 나가게되어 있는데 차량에 비해 사이즈만 작게되어 있다.

시의 모든 상가가 문앞에 오토바이 주차가 가능하다

식당, 상점 등의 경우 모든 곳에 오토바이 주차장이 있으며, 이 주차장을 지키는 경비가 항상 배치되어 있다.

여기서 중요한 포인트는 바로 오토바이 주차장이 멀리 있는 것이 아니라 바로 상점 앞 인도 위에 있다는 것이다.

인도를 걷다보면 주차된 오토바이 사이를 피해서 가야되므로 걷는사람에게는 불편하지만, 오토바이 운전자에게는 아주 편한 시스템으로 되어 있다.

인도위에 일렬로 주차된 오토바이 모습

이러한 이유로 하노이 거리를 걷다 보면 인도에 주차된 오토바이를 사람이 피해 다녀야 하는 일들이 비일비재하게 생긴다.

피하다 보면 어느새 인도가 아닌 차도까지 내려가 걷고 있는 자신을 발견할 때 이곳은 오토바이가 사람보다 더 우선인 곳임을 깨닫게 된다.

차량 정체시 인도위를 달리는 오토바이들

비가오는 날이면 어김없이 출퇴근시간에 도로의 정체가 시작되고, 인도위로 오토바이들이 하나 둘 올라와 달리기 시작한다. 거의 모든 베트남 사람들이 오토바이를 타고 다니므로 인도를 걷는 사람이 적은 것도 이유가 될 것이다. 그렇지만 인도 곳곳이 파헤쳐질 수 있고, 걷는 사람들은 불편해서 인도를 이용하지 않는 악순환이 반복될 수도 있다.

특히, 재래시장에서 장을 볼 때면 오토바이에서 내리지 않고 오토바이에 앉은 바로 그 자리에서 물건을 고르고 흥정하는 장면도 보게 되는데, 이에 대해 분명 주변 사람들이 불편할 텐데 그 누구도 불평하는 사람이 없다. 오히려 그 사람이 흥정한 이후까지 오토바이 줄을 서서 기다리는 사람도 있다. 그렇다고 시장이 큰 거리의 시장이 아니다. 폭이 2m도 안 되는 곳이다. 처음 이런 광경을 볼 때는 참 신기하기도 하고, 이해가 안 되기도 했지만, 모든 사람들이 오토바이를 타고 다니고, 또 그렇게 하고 있기 때문에 이에 대해 불평불만을 갖는 사람은 필자와 같은 외국인들 밖에 없을 것이다. 그만큼 오토바이 운전자 운전자에게는 편한 곳이 바로 베트남이다.

백문이 불여일견이다. 베트남에 와보면 알게 된다.

하노이는 천년고도(千年古都)이다. 그만큼 하노이라는 도시가 오래되었기 때문에, 도시의 길 자체가 좁은 경우가 많다. 여기서 좁다고 했는데 정말 좁은 길은 거의 폭이 1m 정도밖에 안 되는 길도 있다. 우리나라의 골목길보다 더 폭이 좁다. 이런 길은 당연히 차량은 다닐 수도 없고, 오토바이가 아니면 물건을 옮길 수 조차 없는 곳이다. 하노이에 오토바이가 많은 이유 중에 하나가 바로 이런 이유이다. 이에 비해 호찌민시의 경우는 하노이보다는 도로 폭이 비교적 넓은 경우가 많은 것으로 기억한다. 그래서 그런지 하노이에 비해 차량이 더 많이 보이기도 한다.

많은 짐을 싣고 다니는 오토바이 모습

베트남에서 오토바이의 유용성은 또 하나가 있다. 베트남에서는 오토바이로 옮길 수 없는 것이 거의 없을 정도이다. 만약 1대의 오토바이로 옮길 수 없다면 2대의 오토바이가 나란히 다니면서 천천히 큰 가구를 옮기는 것도 봤다. 이런 모습은 정말 보지 않으면 믿지 못할 광경이다. 만일 한국에서 이렇게 타고 간다고 생각하면 차에서 분노의 경적이 쉴 새 없이 울렸을 것이다. 그런데 여기서는 2대의 오토바이를 피해서 추월해서 갈 뿐이다. 물론 추월 때 경적은 울린다.

. 이 정도의 짐은 기본이다.

이렇듯 베트남에서 오토바이는 보물 1호이다. 그래서인지 거의 주차를 집 안쪽에 한다. 집에 오토바이를 넣을 수 있도록 계단 옆에 작은 사다리가 놓여 있고, 내려서 오토바이를 1층 안 주차장에 주차를 한다. 높은 층의 집에서는 1층 전체를 오토바이 주차장으로 활용하기도 한다.

베트남에서의 오토바이는 집에서 목적지까지 바로 도달시켜주는 마법의 운송수단이다. 이러한 편리성을 놓는다는 것은 상상하기 힘든 일이다.

버스표지판. 베트남에서 버스는 아직 불편하다.

베트남 하노이에 지상철이 완공되었지만 오토바이를 대체할 교통수단이 될 거라고 믿는 베트남인은 없다. 지하철을 타기 위해 계단을 걷고, 내린 후 본인이 가고자 하는 곳에 다시 택시 또는 버스를 이용하는 환승에 대한 개념이 없기에 이러한 부분에 대해 매우 불편하게 생각할 뿐이다.

버스의 경우 가격은 7천VND(한화 약350원)으로 저렴하지만, 버스전용차선이 없어 출퇴근 길에는 오토바이 만한 교통수단이 없다. 버스는 아직 베트남에서 많은 분들이 이용하는 대중교통수단은 아니다.

특이한 점은 예전 우리나라 안내양 처럼 버스 요금을 받는 분이 있어, 버스에 탄 이후 자리에 앉아있으면 요금을 받으러 온다.

베트남 젊은이들은 중고등학교때부터 오토바이를 타고 다닌다.

도로에서도 오토바이는 심리적으로 차량보다 우위에 있다. 오토바이가 도로에 진입할 때면 자동차 운전자의 경우 긴장하게 마련이다. 아무래도 오토바이와 사고가 난다면 오토바이 운전자가 큰 인명사고로 이어질 수 있기 때문이고, 워낙 어리고 젊은 층에서 오토바이를 많이 운전하고 있기에, 그들을 보호해주려는 마음도 있을리라 생각한다(베트남에서는 많은 중·고등학생들이 전기오토바이를 운전하고 다닌다).

이러한 이유로 자동차 속도는 도심에서 약40~60km/h 정도에 불과하다. 도로에서도 오토바이가 우선이기 때문이다. 우리나라 입장에서 보면 차들이 제한속도를 지키는 매우 안전한 도로가 되기 때문에 오토바이를 더욱 편리하게 탈 수 있다.

손님을 기다리고 있는 그랩 오토바이와 그랩 딜리버리

또한, 하노이는 오토바이 친화적인 도시답게 그랩 오토바이(택시와 같은 기능을 하며 그랩택시에 비해 가격이 저렴하다), 그랩 딜리버리(음식 및 물건 등을 배달해주는 역할을 한다) 등 오토바이를 활용한 많은 비즈니스가 활성화되어 있다.

다만, '오토바이의 천국'은 오토바이에 능숙한 베트남인에게 해당되는 말이다. 외국인이 이곳에서 오토바이를 운전하기 위해서는 큰 용기가 필요하다. 운전실력은 우리나라에서의 오토바이 운전실력으로는 부족하고, 현지에서의 실전(?) 연습이 다년간 필요하다. 그렇지 않으면 큰 사고로 이어질 수 있기 때문이다.

오토바이를 타면서 장을 본다?

보통 시장에 간다고 하면 우리는 대형마트를 가서 주차를 하거나, 재래시장의 주차타워를 활용하여 주차를 하고 걸어서 쇼핑을 하는 것이 일반적인 모습이다.

하노이 도심의 재래시장 모습

그런데 이곳의 주요 교통수단인 오토바이로 마치 우리나라의 킥보드와 같이 재래시장안까지 들어온다. 시장에서 물건을 사고 있을때 오고가는 오토바이를 항상 조심해야 한다. 설마 여기까지 들어오겠어? 라고 생각한다면 오산이다. 오토바이가 다니지 못하는 곳은 없다고 보면 된다.

오토바이에서 내리지 않고 바로 물건을 구입하는 모습이 이채롭다

또한, 시장에서 장을 볼 때 오토바이에서 내리지 않고 물건을 사는 신기한 장면을 보게 될 것이다.

사람들도 많을텐데 많이 불편하지 않을까?라고 생각이 들수도 있겠지만, 현지에서 직접 본다면 바로 이해가 되리라 생각된다.

따라서, 현지 로컬시장을 둘러볼 때는 전후좌우를 꼼꼼히 주의 깊게 살펴보아야 한다. 언제 어디서 오토바이가 나타날지 모르기 때문이다. 이러한 이유로 아이들과 로컬 재래시장에 같이 가는 것은 안전 상의 이유로 위험할 수 있으니 주의하자.

베트남에서 오토바이 기사가 당신을 부른다고 해도 놀라지 말자

베트남에서 인도를 걷다 보면 오토바이에서 누가 나를 부르는 경우가 많을 것이다. 주로 "짜오아잉(Chào anh ; 안녕하세요)"이라고 말하면서, 오토바이 뒤에 타라는 신호를 보낸다.

일단 무슨 애기를 하는지 모르면 그냥 괜찮다는 뜻으로 손만 살짝 올려주면 된다. 그 오토바이는 그랩 오토바이이며, 기사가 손님을 부르면서 뒤에 타라는 말이기 때문이다.

혹여 여자분들이라면 치한으로 오해를 할 수도 있을 것이다. 그렇지만 절대 치한은 아니다. 정상적인(?) 영업활동을 하고 있는 것뿐이니 경찰 공안에 신고할 생각은 안 해도 된다. "당신 지금 그랩 오토바이를 이용하실래요?" 뭐 이런 뜻으로 가볍게 이해하면 된다. 아무런 답변을 하지 않고 지나간다고 해도 그랩 오토바이 기사가 마음에 상처를 받지는 않으니 말이다.

출퇴근시 바쁜 그랩 오토바이 기사들

이렇듯 그랩 오토바이 기사가 인도를 지나가는 사람들에게 유독 호객행위를 하는 이유가 뭘까? 그 이유는 바로 베트남에서는 인도를 걷는 사람이 많지 않다는 데 있다. 그렇기 때문에 그랩 오토바이 기사는 인도를 걷는 사람은 거의 잠재 고객이라 생각한다. 택시 아니면 그랩 오토바이를 이용할 것으로 생각하고 있기 때문이다. 이러한 이유로 손님들에게 적극적인 손짓을 보내는 것뿐이다. 이때는 그냥 괜찮다는 표시로 "그랩 택시 이용 안 하고 걸어갈 거예요"라는 손짓만 보내면 된다.

처음에 필자도 이러한 이유를 몰라 길을 물어보는 줄 알고 가까이 가서 대화를 한 적이 있다. 베트남어를 공부하는 초기라 무슨 말을 하는지 잘 듣지 못한 상황이라 꽤 장시간 얘기했던 웃지 못할 일도 있었다. 지금 생각하면 웃긴 해프닝이었지만 도보를 걸을 때 지속적인 유혹(?)에 시달릴 수 있으니 당황하지 말고 의연하게 대처해보자.

베트남에 트럭이 많이 보이지 않는 이유?

유독 베트남에는 트럭이 잘 보이지 않는다. 공사 차량의 경우는 도시 외곽으로 가 도보면 보이기는 하나, 물건을 운반하는 용도로의 트럭(우리나라의 봉고)은 도로에서도 흔하게 보지 못했다. 그 이유도 바로 오토바이 때문이다.

엄청난 부피의 짐을 싣고가는 오토바이

대개 베트남에서의 운반은 오토바이를 이용한다. 정말 말도 되지 않는 덩치 큰 물건까지 모두 오토바이를 통해 운반된다. 그래서 트럭이 필요 없는 것이다. 만일 트럭과 관련된 사업을 베트남에서 하고자 한다면 이러한 상황을 잘 이해하고 살펴보아야 한다.

보통은 뒤에 앉은 사람을 통해 물건을 아슬아슬하게 잡고 가는 경우가 허다하다. 긴 파이프 역시 앞뒤로 두 대의 오토바이가 달고 다닌다. 차나 오토바이가 위험하지 않을까 생각하지만 적절하게 간격을 두고 가거나 속도를 늦추는 식으로 그들만의 규율에 따라 안전하게 (?) 운반하는 모습은 서커스에 가까워 경이롭기까지 하다.

제18화 베트남에서 인도를 걸을때 마주쳐야 하는 것들

지하철과 버스 등 대중교통이 발달하지 않은 하노이에서 집 주변 가까운 곳을 놀러 가고자 할 경우에도 불편할 때가 참 많다. 그래도 몇 블록 정도 가까운 거리는 걸어갈 만하지 않을까?라는 착각을 할 수도 있다. 필자도 그렇게 아주 안일하게 생각했었다. 그러나, 길을 걷다가 아래의 3가지를 직접 만나고 나니 그 생각이 매우 순진한 생각이었다는 것을 바로 깨달을 수 있었다.

첫째, 하노이 도로 위에 있는 다양한 장애물(?)들을 만나야 한다.

하노이는 아주 가까운 거리도 오토바이를 타고 움직이므로 인도에 대한 관리가 거의 되고 있지 않다. 많은 사람들이 인도를 걷지 않으니 울퉁불퉁한 인도를 정비할 필요성도 거의 느끼지 못해 관리를 안 하고, 인도가 불편하니 국민들은 편리한 오토바이만 이용하고. 이런 악순환이 반복되는 것 같다.

보도 블록 위에 주차한 모습

오토바이와 자동차 역시 인도 위에 주차(?)를 하고 있는 경우가 많다. 개구리 주차는 양반이다. 아예 인도 전체를 가로막은 자동차도 만날 수 있어 걷는 것은 말 그대로 많은 불편이 따른다. 차량과 오토바이가 인도 위에 올라오는 경우가 많아서 그런지 인도 보도 블록이 깨져있는 경우도 많아 더더욱 걷기는 어려워진다.

인도를 걸을때 나뭇가지를 피해서 지나가곤 했다.

또한, 하노이의 경우 오래된 역사를 반영하듯 큰 나무들이 많은데 인도 한가운데를 천년쯤 되어 보이는 고목이 떡하니 막고 있는 경우도 많다. 가지가 많은 나무의 경우 한동안 자르지 않으면 도로를 침범하거나, 자른 이후에도 한동안 방치를 해두는 경우도 많아 통행에 큰 걸림돌이 된다.

그밖에 각종 쓰레기 등으로 길이 막혀있는 경우도 있고, 인도가 너무 좁은 경우, 인도가 아예 없는 경우 등 하노이에서 걷기 위해서는 다양한 형태의 생각하지 못하는 장애물(?)들을 통과해야만 한다. 오히려 인도보다 차도로 걷는 것이 수월한 곳들도 있어 인도와 차도를 왔다 갔다 해야 하는 위험까지 감수해야 한다면, 하노이에서 많은 분들이 걷는 것을 포기한다. 다만, 호수 공원 중에서는 걷기 괜찮은 곳이 많이 있으니 잘 이용해 보기 바란다. 필자도 청춘공원(công viên thanh niên)을 많이 이용하였다. 실제로 호환끼엠(Hoan Kiem) 호수에서 쭝화(Trung Hoa)까지 약 1시간 반 동안을 걸은 적이 있는데 한국에 비해서는 참 쉽지 않은 여정(?)이었다. 특별한 동기가 있지 않는 이상 추천하고 싶지 않다. 특히, 만일 여성분들이 힐을 신고 걷는다고 하면 아마 고난의 길이 될 수밖에 없다.

둘째, 하노이의 무더위를 만나야 한다.

하노이는 5월쯤부터 우리나라의 한여름 무더위가 시작한다고 보면 된다. 6월쯤만 되어도 한국의 폭염주의보 수준(35도에서 40도, 아니

체감온도는 40도에서 45도에 가깝다, 실제로 하노이의 6월은 45도 이상이다)의 강렬한 태양이 걸어 다니는 사람들의 정수리를 내리쬔다. 글로 설명할 수 없을 만큼 덥다. 200m 정도 되는 가까운 거리라도 걸어가는 것보다는 그랩(Grab)을 타고 가고 싶은 충동이 본능적으로 들 수밖에 없다. 필자도 실제로 상당히 짧은 거리라도 그랩을 이용할 수밖에 없었다.

셋째, 건널목을 건너야 한다는 것이다.

인도를 걷다 보면 필연적으로 만나는 곳이 바로 건널목이다. 뭐 건널목이야 초등학생들도 건널 수 있지 않는가라고 반문할 수 있을 것이다. 그러나 현지에 직접 가보면 건널목 건너는 것이 그리 만만하지 않다. 필자도 처음 베트남에 갔을 때 건널목을 건너지 못해 우물쭈물하다 꽤 오랜 시간을 기다린 적도 있었다. 성인이 되어 건널목도 건너지 못하고 있는 자신을 돌아보면 심한 자괴감이 들 수도 있다. 신호등이 없는 곳인가?라고 반문하는 경우도 있을 것이다. 답은 신호등이 있는 곳이라도 그렇다는 것이다.

하노이에서 신호등을 100% 지키는 경우는 아마 거의 없을 것이다. 빨강 불이 들어온다고 해도 사람이 없다면 무시하고 달린다. 만일 건너는 사람이 있다면 잠시 멈춘 후 다시 달린다. 건널목을 건너는 사람의 경우도 그렇고, 지나가는 오토바이와 차량의 경우도 초록불이든 파란불이든 사람이 없다면 직진 기어로 달리기 일쑤이다. 베트남 특유의 경적소리까지 복합적으로 들리다 보면 처음 하노이에 입성하신 분들은 정신이 나가게 되는 신기한 경험을 하게 될 수 있다.

그만큼 참 쉽지 않은 것이 하노이에서의 건널목을 건너는 일이다. 도로를 걷다 보면 계속 나타나는 건널목이라는 장애물 역시 인도를 걷는 외국인 입장에서는 고역이 아닐 수 없다.

하노이에서 위 세 가지를 만나다 보면 오토바이나 자동차를 사고 싶은 충동이 샘솟을 것이다. 이러한 조건은 오토바이가 베트남에서 천국이 되는 완벽한 조건을 갖추게 해주는 요인이 되게 하고 있다. 그런데 과연 하노이에서 오토바이나 자동차를 직접 운전할 수 있을까? 답은 하노이에 가보면 1초 만에 알 수 있다.

하노이에서 직접 오토바이 운전을?

이렇게 좁은 도로를 다닐수 있는건 오토바이뿐이다.

베트남에서 오토바이는 기동성 면에서 정말 탁월하다. 천년고도 하노이는 계획도시가 아니므로 꾸불꾸불한 길이 참 많다. 좁은 골목길은 폭이 정말 1~2m 사이 밖에 안 되는 좁은 골목이다. 이러한 곳을 빠른 속도로 짐을 싣고 가기 위해서는 오토바이만큼 기동성이 좋은 운송수단은 없다.

출퇴근 도로가 막힐 때도 오토바이는 거침이 없다. 차량 사이를 지나갈 수도 있고, 필요(?)에 따라서는 인도로 올라가 달리는 모습도 종종 볼 수 있다.

오토바이는 단순히 사람만 나르는 것이 아니다. 각종 물건들을 실어 나르는 유용한 교통수단이 된다. 특이한 점은 그냥 물건이 아니라 대형물건도 오토바이를 이용한다. 그리고 이렇게 큰 물건을 옮기기 위해 오토바이를 개조하기도 한다. 대형 물건이라는 게 세탁기 정도라고 생각할지도 모르겠다. 그런데 냉장고는 기본이고, 산더미 같은 짐을 싣고 달리는 오토바이도 운이 좋으면 만날 수 있다. 서커스와 같은 모습에 감탄이 절로 나오기도 할 것이다.

그렇다면 직접 오토바이를 운전하는 낫지 않을까라고 물어볼 수 있을 것이다. 결론은 되도록 직접 운전하지는 말라고 말하고 싶다. 정말 뛰어난 오토바이 운전 실력이 있다고 해도 역주행과 무단횡단을 하는 사람들을 피하는 신공(?)을 얻기 위해서는 수십 년간의 숙련된 전문가가 되어야 하기 때문이다(이런 의미에서 베트남 사람들은 오토바이 실력으로는 세계 최고라고 말하고 싶다.)

하노이의 교통체증과 대기질, 뜨거운 태양 역시 오토바이를 타기 힘들게 만든다. 가장 중요한 것은 만일 사고가 난다면 보험처리가 쉽지 않다는 것이다. 보험 체계가 제대로 갖춰져 있지 않은 시스템적인 측면도 있거니와 공안 등과의 커뮤니케이션도 어려워 자칫 인명사고로 인하여 송사에 휘말린다면 장기화될 수밖에 없기 때문이다.

제19화 베트남 하노이에서
비가 내리는날

만일 아침에 일어났는데 비가 내린다. 그렇다면 출근시간을 빨리 서둘러야 한다. 우리나라도 그렇지만 비가오면 일단 택시 잡는 게 상당히 어려워진다. 하노이는 도시 전체가 지반 밑에 물이 많고 배수시설이 안 돼있어 침수되는 곳이 많다. 경남아파트의 경우도 비가 내리는 날이면 택시가 서있는 곳에 물이 고여 택시가 주차하기가 힘들어 택시잡기도 어려워진다. 따라서, 비가 오는 날에는 출근을 좀 더 일찍 해야 한다. 비가오는 날이면 어김없이 지각 사태가 많이 발생되기도 하기 때문이다.

베트남에는 태풍이 8~10월에 불어 닥친다. 2월과 6월에도 비가 많이 오는 달이다. 베트남에서는 보통 비가 내리면 동남아 특성상 소나기가 내리지만 이때는 한국의 여름 장마처럼 1주일 정도 오랜 기간 내리게 된다. 날씨도 갑자기 쌀쌀해지기도 하여 어린아이들 건강관리에 유의해야 할 시기이기도 하다.(그래서 독감주사는 미리 9월, 10월에 맞아두는 게 좋다). 베트남 사람들은 이 시기를 겨울이 다가온다고 얘기한다. 그렇다고 우리나라의 겨울처럼 매우 추운 날씨는 아니다. 공식적으로는 영상 20도 내외를 기록하는 그래도 짧은 팔상의를 입을 수 있는 기온이기는 하다. 다만, 체감 상 항상 무더웠던 베트남 하노이 날씨에 비하면 갑자기 추워졌다고 느낄 수 있는 계절이기도 하다.

대개 태풍은 베트남 중부지방을 강타하기 때문에 북부 수도 하노이나 남부 최대 도시인 호찌민에는 그렇기 큰 피해는 없으니 안심해도 된다. 다만, 하노이의 경우 배수시설이 잘 되어 있지 않고, 호수가 많은 지형 특성상 물이 잘 빠지지 않아 비가 많이 내리는 이 시기에는 물바다가 만들어지기 일쑤이다. 차량이 지나가면서 물보라가 일 수 있으니 인도를 걷는 사람들은 조심해야 하는 시기이고, 오토바이의 경우 물웅덩이로 들어왔다가 허리까지 빠지는 높이가 되자 이내 다시 다른 길로 돌아가 버리는 모습을 볼 수 있다.

이러한 시기에는 빨래에도 영향이 있다. 베트남 일반 시민들은 건조기를 사용하지 않고, 베란다 등 창밖으로 빨래를 걸어놓는다. 그러나, 태풍이 오거나 비가 많이 내리는 10월 또는 2,6월쯤 일정 기간 동안에는 빨래가 잘 마르지 않아 건조기가 반드시 필요함을 느끼는 시기이기도 하다. 반드시 이 시기가 아닐지라도 하노이의 경우 겨울에는 안개가 많이 끼고 우중충한 날씨가 지속되는 경우가 많아 건조기가 없다면 다소 어려움을 겪을 수 있으므로 반드시 갖추기를 추천드린다.

———— / ————

베트남의 고속도로를 맘껏(?) 달려보자

베트남에도 고속도로가 있다. 하노이 서북부의 대표적 관광지인 사파(Sapa)의 경우에도 하노이에서 고속도로가 있어 예전에 비해 가기가 매우 수월해졌다고 한다. 그렇다고 해서 베트남의 고속도로를 우리나라 경부고속도로라고 생각하여 맘껏 달릴 수 있을 거라는 기대는 버리자. 이곳은 1차로가 추월차선이 아니라 대형차량이 달리는 주행 차선이다. 따라서 1차선으로는 속도를 많이 낼 수가 없다. 그렇다고 2차선이 추월차선도 아니다. 2차선도 상황은 비슷한 주행 차선일 뿐이다.

그런데 고속도로를 달리다 보니 고속도로가 국도와 같이 편도 1차선으로 좁혀지는 도로가 보인다. 또다시 속도가 줄어든다. 가끔 차량이 없는 뻥뚫린 고속도로 같은 도로를 만났다고 해도 즐거워하기는 이르다. 도로 아스팔트 사정이 좋지 못해서인지 통통 튀는 곳을 경험하다 보면 사실 평균 속도는 우리나라 국도와 비슷하다. 고속도로를 이용하여 여행 갈 때는 시간적으로 여유를 가지고 출발하자.

베트남 고속도로 화장실은 유료(?)

베트남에서 특이한 것은 고속도로 화장실을 이용할 때도 현금을 내야 한다는 것이다. 현금통을 고속도로 화장실 문 앞에 두고 현금을 내라고 한다. 필자도 3,000동(한화 약150원)을 낸 기억이 있다. 그런데 베트남인 현지인들을 잘 지켜보니 돈을 아예 내지 않는 경우도 있고, 화장실을 이용한 후 나올 때 돈을 내는 경우도 있는 것 같았다. 의무적으로 내는 건 아닌 것 같으니 급하면 먼저 이용하기를 권유드린다. 한 가지 확실한 건 화장실 입장료를 내지 않는다고 해서 공안이 출동하지는 않는다.

제20화 베트남 여성들을 위한
이틀 '베트남 여성의날'

베트남에서의 여성의 날은 2번 있다. 이것을 두고 베트남 남자들은 베트남에는 남자들의 날은 없고 여성의 날만 2번 있다고 푸념섞인 말을 하지만, 이것을 두고 베트남 여자들은 이렇게 애기하곤 한다. "베트남에서 1년 365일 중 여성을 위한 날은 2일이지만, 363일은 남자들의 날"이라고 말이다.

위 애기는 베트남 남성들이 일반적으로 부엌일과 집안일을 잘 거들어주지 않는 것을 꼬집어 애기하는 것이다. 아무튼 2번의 여성의 날에 여성들에게 꽃과 선물 그리고 외식을 통해 그들의 날을 축하해 주어야 한다. 가정에서도 그렇지만 직장에서도 이 날을 기념하는 곳이 많다. 이 날 아오자이를 입은 여성들도 많이 볼 수 있다.

10월 20일 일주일 전부터 거리에 꽃집이 늘어난다.

베트남의 꽃값은 우리나라에 비해 상당히 싸다. 600,000 VND(한화 약3만원)이면 한국에서는 작은 꽃다발 정도밖에 살 수 없겠지만 이 곳에서는 정말 아주 큰 풍성한 꽃바구니를 한 아름 들고 갈 수 있다. 이곳에서는 100송이 장미도 큰 지출 없이도 선물해줄수 있다. 점원 이 처음 부르는 가격보다 다소 값을 깎을수 있으니 협상을 잘 해보자.

그러나. 1년에 2번 있는 여성의 날(10월 20일) 전에는 일시적으로 금액이 올라간다. 약 1.5배 정도 오른다고 보면 된다. 이때만 피해서 사자. 이때는 에누리도 잘 안 되는 경우가 많다. 공급자보다 수요자 가 많기 때문이다.

베트남 거리에서 실크옷을 입은 여성분을 본다면

한국인이 베트남에서 생활할 때 한 번쯤 당황스러운 때가 있다. 그 중에 하나가 바로 베트남 여성분들의 실크 옷일 것이다. 실크는 베 트남 지역에서도 특산품으로 키울 만큼 질도 나쁘지 않거니와 가격 도 한국에 비해 약 1/3 정도 싼 것 같다. 그래서인지 베트남에서는 실내용 또는 잠옷으로 많이들 입는 것을 볼 수 있다. 당황스러운 것 은 이 실크 옷을 입고 마트와 같은 바깥에 나온다는 것이다.

베트남은 잠옷과 실내복의 개념이 없어 실크 옷을 실내복으로 생각한다고 한다. 실내복 역시 실외에 입어도 큰 문제는 되지 않으므로 실내복인 실크 옷을 실외복으로 입고 슈퍼마켓 등에 장을 보러 나오는 것이다. 마치 우리나라로 치면 집안에서 입던 반바지와 T셔츠 걸치고 나오는 것과 비슷한 상황으로 생각하는 것 같다. 이는 잠옷과 실내복을 엄격히 구분하고 있는 한국인 입장에서는 당황스러운 상황이 될 수 있다.

그러나, 여기는 베트남이다. 베트남 문화와 베트남을 이해한다면, 그러한 모습을 보고 이상하게 반응할 필요는 없다. 물론 한국에서 이러한 일이 일어날 경우는 한국땅이므로 베트남 분들의 주의는 필요하리라 생각한다. 필자가 알기로 베트남 분들이 한국에 여행 올 때 주의할 점 리스트에 바로 이 실크 옷이 있다고 한다.

오토바이를 타는 여자 닌자의 모습을 본다면

아오자이를 입고 오토바이를 타는 베트남의 젊은 여성분들만 있을 거라고 생각한 분들이라면 베트남에 처음 와서 또 한 번 놀랄 것이다. 몸 전체를 뒤집어쓴 닌자 복장을 하고 오토바이로 출근하는 여성들을 많이 보게 될 것이기 때문이다. 여기에 선글라스와 마스크까지 장착하게 되면 몸 전체가 전혀 보이지 않게 된다. 이는 하얀 피부를 좋아하는 베트남 여성들에게 있어서 최대의 적이라 할 수 있는 햇볕을 막기 위한 조치이다. 아시다시피 베트남에서의 태양은 정말 뜨겁다.

비오는거리 우의를 입고 오토바이를 타고 가는 여성

베트남 여성분들이 필요한 화장품도 UV 제품들이라고 하니 선물 줄 때 한 번쯤 고려해보기를 바란다. 실제로 베트남의 북부 하노이시 여름은 우리나라 기온으로 볼 때 거의 4월부터 10월까지 지속된다고 본다. 처음 베트남에 가서는 이러한 기후에 몸이 적응하는데 시간이 꽤 걸린다.

베트남의 문화를 이해하기 위해서는 우선 역사를 알아야 한다.

베트남 역사는 우리나라의 역사와도 상당히 비슷하다. 우리나라의 단군왕검과 같은 건국설화도 있으며, 중국의 지배를 약 1,050년간 (BC111~939년) 받아왔기에 중국의 영향도 상당히 크다. 이후 독립 국가 시대를 거치게 되는데 여기서 가장 마지막의 통일왕조가 응웬 (Nguyen) 왕조이다. 현재 베트남 성씨 중 가장 많은 성씨로 한국의 '김'과 비슷하다. 응웬(Nguyen) 왕조의 수도는 후에(Hue)로 우리나라 사람들이 많이 찾아갔던 다낭 바로 위에 있는 도시이다. 우리나라의 '경주' 정도의 도시로 생각하면 된다.

이후 1858년 프랑스의 식민지가 되어 1954년까지 약96년 동안 점령당한다. (프랑스 점령기 영향 때문인지 건물들이 프랑스풍이 많이 남아있다). 중간에 제2차 세계대전에서 일본이 1940년~1945년까지 점령하여 통치를 당하기도 하는 등 열강으로부터 많은 시달림을 받은 것 또한 우리나라의 역사와 흡사 비슷하다.

이후 1954년 디엔비엔푸 전투에서 승리함으로써 프랑스로부터 독립 하였고, 미국과의 약9년간의 전쟁(1965년~1974년)에서도 북쪽의 공산당에 의해 승전하게 되어, 1975년 베트남 남북이 완전히 통일되 게 된 바 있다. 이렇듯 미국, 중국, 프랑스 등 세계열강과의 전투에 서의 승리는 베트남인들에게 자긍심을 주게 되었고, 현재도 베트남인의 자존심은 상당히 센 편으로 비즈니스 등의 관계에 있어 이러한 성품에 대해 항상 유의해야 한다.

또한, 베트남은 고대로부터 모계 중심의 사회를 유지하여 왔고, 근대에 전쟁에 있어서도 여성도 큰 역할을 수행하는 등 여권이 강한 나라에 속한다. 실제로 일하는 여성의 비율도 상당하고, 정부 및 기관에서의 고위공직자로 많은 여성분들이 일하고 있는 것도 볼 수 있다. 그리고 예로부터 지방자치권이 강하였고, 현 사회주의 체제하에서도 중앙정부에서의 지침에 따라 각 지방의 자치적인 결정들이 제각각 다를 수 있다는 점에서 마찬가지 사업적인 측면에서 유의해야 할 점이다.

베트남인은 우리나라와 같이 젓가락을 쓰기 때문에 손재주가 뛰어난 것으로 알려져 있으며, 6 성조와 영어와 유사한 어순 등으로 중국어, 영어 등 외국어 습득도 용이할 뿐 아니라, 젊은 층에서의 교육열도 상당히 강하여 향후 발전 전망이 큰 국가이기도 하다.

베트남 지도를 보면 수도 하노이가 우리나라 광역시 같은 형태로 매우 큰 규모를 보이고 있는데 이는 하노이 수도 1,000주년 기념으로 2009년 하노이를 전략적으로 육성하기 위해 종전 면적을 3.5배로 확장하여 집중 투자했기 때문으로 현재 호찌민시보다 큰 면적을 자랑한다.

제21화 베트남 특유의 컴싸오
문화와 띵깜 문화의 이해

컴싸오(không sao) 문화. 참 설명하기도 이해하기도 어려운 문화이다.

컴싸오(không sao)는 베트남어로는 '괜찮아', '문제없어'와 같은 의미이며, 일상 속에서도 많이 사용하는 용어이다. 다만, 이 용어를 사용하는 상황이 무척 다양하고 폭넓다는 것이다. 무슨 문제가 발생했을 때 베트남인들이 주로 컴싸오라는 말을 많이 한다. 이는 그 문제가 크지 않으니 그냥 넘어가자는 뜻으로 이해하면 된다.

예를 들어, 경미한 교통사고 내지는 사고가 날뻔한 상황에서 운전기사는 상대방에게 "컴싸오"를 애기한다. 큰 문제없으니 넘어가자는 애기이다. 우리나라와는 사뭇 다른 상황이자 베트남 사회의 하나의 문화이기도 하다. 이에 대한 이유를 굳이 생각해보자면 베트남 사회는 경제적 성장 변혁기에 있어 의식주가 가장 큰 의미를 지니고 있어 큰일이 아닌 경우 그냥 넘어가는 게 서로서로의 생활에 도움이 된다고 생각하는 것 같다. 이는 오토바이 사고를 통해서 드러나는 생활방식이기도 하다. 큰 분쟁이 아니면 서로 컴싸오로 넘어가는 것이다.

물론 이런 문화는 장단점이 있다. 장점은 분쟁이 심화되거나 격화되기 전에 조기에 해소될 수 있다는 점이지만, 단점은 대충 일이 넘어가는 경우가 생긴다. 특히 회사에서는 컴싸오 문화로 인해 베트남인 직원을 다루기가 참 쉽지 않은 경우가 생긴다. 분명 문제가 있는 일처리인데 베트남인은 컴싸오를 애기해버리면 답이 없다. 관리자 입장에서는 이런 문화를 이해하고 대비해야 할 필요가 있다.

컴싸오와 유사한 의미의 말이 하노이 있는데, 만일 여러분이 어떤 모임에 늦게 도착했을 때 이 말을 하면 된다. "하노이 컴 브이 덕 더우(HaNoi không vội được đâu)" 뜻은 "하노이에서는 서두르는 곳이 아니다" 그만큼 하노이는 더위도 덥고, 교통도 막혀서 너무 서두르면 오히려 문제가 생길 수 있다는 뜻이 포함되어 있는 말이기도 하다.

내가 모임 시간에 늦었더라도 컴사우와 유사한 의미로 별 문제는 아니라는 뜻으로 이 말을 많이 쓰기도 하니 한번 유용하게 써보기 바란다. 특히, 외국인이 이 말을 하면 베트남 사람들이 이런 말까지 어떻게 알았지라고 생각해서인지 깜짝 놀라며 좋아할 것이다.

중국에 꽌시가 있다면 베트남에는 **띵깜(tình cảm) 문화**가 있다. 한자의 정감(情感)에서 온 말로 사전적 의미는 정감이나 소위 띵깜문화는 어떤 일을 처리할 때 상대방과의 띵깜이 있는지 유무에 따라 일처리가 가능할 수도 있고, 빨리 처리될 수도 있는 등 서로의 관계에 따라 달라질 수 있게 된다.

필자도 베트남에서 많은 유관기관과의 네트워크를 더욱 중요시하게 생각한 결과 띵깜을 형성할 수 있었다. 베트남에서 일처리를 위해서 띵깜문화에 대한 이해는 필수적이라 할 수 있다.

베트남 분들과 띵깜이 생기면 집에 식사 초대를 하는 경우도 많다. 가족들과 저녁을 함께 하면서 보다 친분 있는 유대관계를 쌓는 것이다. 집에 초대를 받을 때면 우리나라와 같이 선물을 가져가는 게 좋다. 선물은 주로 과일바구니 또는 꽃바구니도 좋은 선물이 된다. 한국 물품이라면 화장품이나 건강식품도 베트남인들에게 선호도가 높다.

회사 사장 출생 띠에 따라서 신년 오픈일자를 결정한다?

베트남도 우리나라와 같이 12 간지 띠가 존재한다. 우리나라와 같이 음력을 매번 체크한다. 베트남 가장 큰 명절 역시 '뗏'이라는 음력 설날이다. 그런데, 이러한 띠가 회사 신년 오픈일자와 연관된다고 한다. 음력 설날 이후 사장님(?)의 띠에 따라 오픈 날짜를 정한다고 한다. 해당 띠에 좋은 날짜에 오픈하는 것이다. 모두 믿지는 않겠지만 베트남의 하나의 미신적인 문화로 내려오는 것 같다.

그렇고 보니 '뗏'이 지난 이후에도 한동안 오픈을 하지 않는 베트남 회사들은 아마 사장님의 띠가 좋은 날 오픈하기 위해 준비하는 게 아니었을까라는 생각이 든다.

왜 베트남은 카페 의자를 도로쪽을 향해 나란히 놓을까?

베트남에는 카페가 참 많다. 우리가 잘 아는 G7, 콘싹커피 등 유명한 커피의 나라이기도하다. 그런데 베트남 거리의 카페를 보면 의자 구조가 우리와 다르다는 것을 알 수 있다. 우리는 보통 서로 마주보는 자리를 만들어 놓는데 반하여 베트남 카페는 도로쪽을 향해서 바라볼 수 있도록 의자를 나란히 배치 시킨다. 그러니 길을 걷다 보면 좌우측으로 주변의 따가운 시선을 받을 수도 있다.

이렇게 앉는 이유는 무엇일까? 지나가는 사람들을 구경하기 위해서 일까? 아니면 서로 옆에 앉는 것을 좋아하나? 아니면 별다른 이유가 없는 것일까? 정확한 답변은 하기 어려울 것 같다. 베트남 현지인에게 물어보아도 명확한 답변을 애기하지 못한다. 마치 우리나라의 카페 좌석 구조가 도로를 보게 앉지 않고 서로 왜 마주 보게 앉느냐라는 질문을 받을 때 우리가 선뜻 답변하지 못하는 것처럼 말이다.

개인적으로 추정할 수 있는 것은 베트남인은 개개인에 대해 관심이 많다는 것이다. 거리에서 교통 접촉사고가 난다고 하면 5분이 지나지 않아 수십 명이 구름처럼 몰려들어 잘잘못을 따지는데 거들기도 하는 것으로 봐서는 옆에 어떤 일이 일어났을 때 그에 대한 관심이 많다고 생각한다. 그러니 지나가는 사람들을 구경하기 위해 도로를 바라보게 의자를 배치한 것이라 생각한다. 그리고 혹 자는 공간이 좁기 때문에 이렇게 배치를 한다는 주장도 있기도 하다. 아무튼 이것도 베트남을 특징지을 수 있는 하나의 베트남 문화라고 볼 수 있을 것 같다.

카페에서는 빨대를 조심하자

베트남 카페에 가면 차 종류가 참 많다. 과일 종류가 많다 보니 관련된 차 종류도 다양하다. 주문을 하고 자리에 앉아있으면 갖다 주거나, 진동벨이 울리는 것은 우리나라와 비슷하다. 그런데 한 가지 빨대를 입어 넣을 때 조심해야 하는 게 있다. 바로 빨대가 플라스틱이 아닌 쇠막대 빨대로 되어 있을 수 있다는 점이다. 당연히 빨대가 플라스틱(최근에는 환경문제로 종이도 많이 보인다)이라고 생각하여 꽉 깨문다면 치아가 상할 수 있을 정도로 딱딱하다. 지인 중에도 이러한 경우를 당할 뻔한 분도 계실 정도로 우리나라 분들은 조심해야 한다.

카페에서 영수증을 반드시 챙기자

카페에서 주문 후 영수증은 버리지 말고 반드시 챙겨놓다. 베트남 카페에서는 주문을 하고 진동벨이 울려 음료수를 가져갈 때 영수증을 보여달라고 하는 경우가 있기 때문이다. 우리나라처럼 영수증을 찢어 버리거나 했을 땐 낭패일 수 있으니 유의하자. 이는 공항에서 수하물을 찾고 게이트를 나갈 때에도 본인의 수하물이 맞는지를 한 번 더 확인하기 위해 바코드 태그를 보여달라고 하는 것과 유사하다. 이래저래 모든 상황에서 영수증은 반드시 챙기는 것을 추천 드린다.

제22화 베트남 최대의 명절(뗏)을 알리는 복숭아나무

베트남 뗏이 다가오면 시장에서 복숭아나무를 파는 사람들과 이를
사는 사람들을 많이 볼 수 있다.

복숭아나무의 분홍색은 건강과 돈이 들어오는 것을 의미하기 때문에
복숭아나무를 선물로 주고, 이를 집안 마당에 심는다. 복숭아나무뿐
만 아니라 매화나무, 금귤 나무 등 여러 나무와 꽃을 파는 곳이 곳
곳에 등장한다.

뗏에 맞춰 준비된 복숭아나무와 과자선물셋트

153

어느 택시기사가 복숭아나무를 자기는 더 이상 살 필요가 없는데 집에 있는 복숭아나무가 자신의 무릎 정도의 크기에서 지금은 2m가 넘게 자랐다고 한다. 아파트 단지에서도 조경으로 이맘때쯤 복숭아나무를 꾸며두는 경우가 많다.

베트남 현지에서 유명한 한국 과자인 초코파이는 땟에 맞춰 분홍색 복숭아 맛을 선보이고 했다고 하니, 이곳에서의 분홍색의 의미를 엿볼 수 있다. 아무튼 땟 전후는 형형색색 꽃과 나무로 물드는 베트남의 모습을 볼 수 있다.

세뱃돈과 "멍못 (MUNG1)" "멍하이(MUNG2)" 인사말

우리나라와 같이 베트남에서도 세뱃돈을 주는 풍습이 있다. 이맘때쯤 인근 문방구에 가면 세뱃돈을 넣을 수 있는 예쁜 빨간색 봉투들을 팔고, 학교에서는 학교 로고가 들어간 봉투를 선물로 나눠주기도 한다. 특히, 우리나라보다 가족이 더 많기 때문에 부모뿐만 아니라 조카들까지 모두 세뱃돈을 주기 위해서는 돈이 많이 필요하므로 베트남에서는 1년 상여금을 땟에 맞춰 주는 것 같다. 그러나, 한국과는 달리 세배는 하지 않고, 봉투만 준다고 한다.

만일 베트남 친구가 있다면 MUNG1이라는 ZALO문자를 받을 수도 있을 것이다. 보통 "새해 복 많이 받으세요"라는 우리나라 인사는 베트남어로 "축 멍 남 므이(Chúc mừng năm mới)"로 번역될 수 있다. 여기서 "멍(mừng)"은 행복이라는 뜻으로 여기에 숫자 1을 붙이면 "행복한 새해 첫날"이 되시라는 뜻으로 풀이될 수 있다. (베트남어는 Một이 숫자 1이므로 젊은 층에서 문자를 보낼 때 một이 들어가는 단어가 있으면 대개 줄여서 숫자 1을 이용하는 경우가 종종 있다. 예를 들어, "조금(một chút)"을 "1chút"이라고 쓰는 경우가 많다).

그러나, 이러한 mừng1은 젊은 층에만 사용하는 언어는 아니다. 아래 영화 팸플릿을 보면 이를 그대로 표기하는 경우를 볼 수 있다. 이 영화는 "보 자(Bo Gia)"라는 영화로 의미는 "늙은 아버지"이다. 베트남 웹드라마를 원작으로 영화로 각색해 제작하였고, 베트남 사상 최단시간 9일 만에 수익(약2천억VND, 약9백만달러)을 돌파한 영화로, 기존 2019년 1920동을 벌어들인 베트남 영화 "Cua Lai Vo Bau"의 기록을 깼다고 한다. (우리나라에 비해서는 베트남 영화산업이 아직 규모는 매우 적은 편이다).

팸플릿상 개봉일을 "MUNG 1 TET 2021"로 표기하고 있는 것을 볼 수 있다. 2021년 새해 첫날이라는 뜻이다. 참고로 설날 다음날은 MUNG2로 서로 간 인사를 주고받는다. 그다음 날은 뭘까? 맞다. MUNG3가 된다.

그러면 언제까지 숫자를 붙일까? 이건 정답이 없는 것 같다. MUNG7까지 사용하는 걸 봤지만 법으로 언제까지 정해진 것이 아니니 서로 간 새해인사를 할 때까지는 사용해보자.

———— �6 ————

잉어를 들고 집에 가는 사람들이 보인다면?

베트남의 최대 명절은 뗏(Tet) 이다. 우리나라의 설날과 같이 음력 1월 1일이다. 그러나 이날을 알리는 날은 바로 생소한 "부엌 신의 날"이다. 부엌 신은 말 그대로 부엌에 있는 신을 뜻한다.

베트남 뗏이 다가오기 일주일 전쯤 퇴근길 거리에서 잉어를 사들고 집에 가는 사람들을 많이 볼 수 있는 날이 있다. 바로 베트남 부엌 신의 날로 음력 12월 23일이다. 오랜 기간 베트남에 머물고 있는 분들도 이날이 무슨 날인지 모르는 분들이 많지만, 실제 많은 베트남인들이 이 날 부엌 신(옹 더우 자우 ; ong dau rau)을 위해 제사를 지낸다고 한다.

부엌 신을 부르는 말인 더우 자우(dau rau)는 발이 세 개라는 뜻으로 옛 베트남에서 부엌에 세 개의 직사각형 돌을 세워 놓은 후 밥을 그 위에 얹어놓은 것에 유래되었다고 한다. 즉 옹 더우 자우는 그 세 개의 돌에 대한 부엌 신을 위해 제사를 지내는 날이다.

이 세 명의 부엌 신은 1년 동안 그 집안에 있는 일들을 옥황상제에게 보고하는 임무를 맡고 있는데, 이들에게 제사를 지내 집안에 잘한 일에 대해 크게 자랑해주라고 이들에게 제사를 지낸다고 한다. 이 부엌 신이 옥황상제에게 보고하기 위해 하늘로 올라갈 때 잉어를 타고 올라간다고 하여, 제사를 지낼 때 종이 잉어를 태우거나, 잉어 세 마리를 사서 어항에 담아 제단 위에 올려놓고 제사 후 호수에 방생을 한다고 한다.

어떻게 보면 우리나라도 아이를 점지해주는 삼신할머니도 있으니, 그런 차원에서 생각하여 베트남인들을 이해하면 되지 않을까 싶다.

설날에는 운전을 조심하자!

베트남의 최대 명절답게 우리나라처럼 많은 사람들이 고향으로 부모님들을 찾아 떠난다. 자연스레 교통은 마비되기 마련이고 빨리 가고자 하는 마음에 사고가 많이 일어나게 된다. 특히 오토바이의 경우 사고 시 치명률이 더 높은데 2020년의 경우도 뗏 연휴 4일 동안에만 총 111건의 사고가 총 58명이 사명하고, 64명이 다친 사례가 있다.

오토바이 사고의 경우 도시에서는 속도가 상당히 느리기 때문에 사고가 나더라도 인명사고로 이어지는 경우가 적지만, 농촌의 경우는 차량이 많이 없기 때문에 속도를 내는 경우가 다반이기며, 이 경우 사고가 난다면 사망사고로 이어질 가능성이 상당히 크다 하겠다. 이에 대해서는 베트남 현지인들도 인정하는 부분이다.

제23화 베트남 로컬 대형마트를 이용해보자

우리나라 이마트와 같은 대형마트가 베트남에도 있다. 매번 K마트만 이용하지 말고 베트남 로컬 대형마트도 이용해보자. 베트남에서는 빈 마트(VIN), 빅 C마트(big C), K-마트, 롯데마트 등이 있다. 빈 마트는 베트남 로컬마트이고, 빅 C마트는 태국 자본의 마트이다. 한인 타운 주변에서 흔히 볼 수 있는 K-마트는 K에서도 알 수 있듯이 한국 마트이며, 롯데마트는 롯데타워 지하에 있는 역시 한국 마트이다.

편저홍 소재 빅C 땅롱 마트의 모습

각각 장단점이 있으므로 한 번씩 이용해 보면 좋을 것이다. 한국에서는 주로 마트 이용 시 차량을 이용하였지만 베트남에서는 자차 이용이 쉽지 않기 때문에 멀리 있는 마트 이용 시에는 주로 배달 서비스를 이용하는 것이 편리하다.

다만, 배달이 언제 되는지 데스크에 물어보고 영수증도 꼭 챙기시기 바란다. 필자도 처음 배달 서비스를 맡겼을 때 저녁 8시에 온다고 분명히 들었는데 배달이 오지 않아 전화를 했고, 확인해보겠다는 답변을 받은 지 약 1시간 정도가 지난 후에야 아파트 1층에 맡겨놓았다는 애기를 듣고 물건들을 겨우 찾을 수 있었다. 정시 간에 집 앞까지 가져다주는 한국의 배달 서비스를 생각하면 오산이다. 거기에 고객센터 직원과의 의사소통은 베트남어로 해야 하는 다소(?) 불편함도 따른다. 롯데마트는 앱으로도 배달(delivery) 서비스를 이용할 수 있어 비교적 편리하게 되어 있다.

AEON몰 내부의 모습

마트보다 좀 더 큰 규모의 쇼핑센터의 경우 일본 자본으로 만들어진 에이온(AEON) 몰이 하동(Ha Dong)과 롱비엔(Long Bien)에 2곳 있다. 베트남은 일본 오토바이, 일본 자동차, 쇼핑센터 등 여러분야에서 일본 상품들이 많이 보이는 국가이다. 하지만 한류 등의 영향으로 최근 베트남 시장에서의 한국 상품들도 점차 성장하고 있어 미래가 유망한 곳이라 생각된다.

"오뚜기(OTTOGI)"와 "두끼(DOOKKI)"

베트남에서 생활하다 보면 반가운 우리나라 상표들을 많이 볼 수 있다. 거리에서 볼 수 있는 현대차, 기아차는 물론이고, 은행권에서는 신한은행, 우리은행, 국민은행 등이 이미 진출해있다. 그리고 이러한 낯익은 상품 광고를 볼 때마다 친근함을 느끼곤 한다.

그런데 이외의 광고에 눈길이 가는 경우도 있다. 바로 케첩 등으로 유명한 오뚜기 광고이다. 하노이 택시 중 마일린과 함께 많은 사람들이 이용하는 G7에 이 회사 광고가 붙어있었던 것을 목격하였다. 현지에는 영문 OTTOGI로 표기하는 것 같다.

베트남은 여러 친근하고 문화적 유사성 많은 나라이기도하거니와 한국 기업도 많이 진출해있는 국가이기도 한 동남아의 한국이라 해도 될 듯싶다. 떡볶이를 좋아하는 분이라면 반가운 가게가 보일 것이다. 하노이 스카이레이크에서도 볼 수 있는 두끼(DOOKKI)이다. 가격도 현지에서 판매하기 위해 1인당 13만 9천동(한화 약7천원)정도로 책정되어 합리적이다. 베트남에서는 2018년 11월 호찌민에 제1호점을 시작으로 현재 37개 정도의 매장을 보유하고 있고, 베트남 사람들도 점심시간에 두끼(DOOKKI) 앞에서는 줄을 서고 있는 것으로 볼 때 맛집으로 정평이 나있는 분위기이다.

제24화 베트남 국민들의
아침식사 풍경은?

베트남은 아침 시간이 빠른 셈이다. 아이들 만해도 등교시간이 8시 까지니, 웬 만한 거리에서는 7시 버스를 타기 위해 집에서 나서거나, 오토바이를 통해 아이들을 등교시켜주고 출근하려는 부모들의 모습 을 쉽게 볼 수 있다.

그렇기 때문에 아침을 집에서 못 챙겨 먹을 가능성이 높고 그래서 외식의 비중이 가장 높은 것이 바로 아침 식사이다. 우리가 잘 아는 베트남 쌀국수는 그래서 많은 베트남인들에게 인기있는 아침식사이 다.

유명한 쌀국수집인 Pho10 Ly Quoc su

그러나, 최근에는 아침식사를 간편하게 집에서 즐기는 트렌드도 생겨나고 있는데, 쉽게 조리할 수 있는 식사대용 제품 등이 인기가 있는 듯하다.

점심의 경우 점심시간이 되면 회사 주변에 음식 배달을 시켜 Grab 오토바이가 고객을 기다리고 있는 걸 볼 수 있다. 배달을 시켜먹던지 아니면 집에서 도시락을 싸가지고 오는 경우도 많다. 특히 최근 코로나19로 인해 음식 배달 서비스가 더욱 증가했다고 한다.

베트남에 처음 입성해서 음식이 잘 안 맞는 경우도 종종 볼 수 있는데, 베트남 식품 안정규정이 강화되면서 HACCP, GMP, VietGAP과 같은 식품 품질 관련 인증을 꼼꼼하게 확인하는 것도 중요할 것이다.

코코넛 아이스크림

열대과일이 많은 관계로 코코넛에 아이스크림을 올려놓아 판매하기도 한다. 값은 4만VND(한화 약2천원)에서 5만VND(한화 약2천5백원) 정도 내외이다. 직원들과 함께 거리에 앉아 지나가는 오토바이를 보면서 먹었던 추억이 아직도 생생하다.

베트남의 열대과일은 값도 저렴하니 주재원으로 근무할때 베트남 로컬마트에 가서 많이 사서 먹어야 후회가 없다.

넴느엉나짱(nem nuong nha trang)

대학가 주변은 한국이나 베트남이나 모두 가격이 저렴하다.

하노이사범대 대학교 랭귀지스쿨 다니면서 저녁을 대학가 주변에서 먹곤 했는데, 그때 먹었던 넴느엉나짱(nem nuong nha trang)은 3만 VND(한화 약 1천5백원)이었지만, 입맛에도 맞아 많이 찾았던 베트남 음식이었다. 이름에서도 유추가 되듯이 우리나라 사람들이 많이 찾는 곳인 나짱(Nha trang)의 음식이기도 하다. 베트남에서 생활할 때 여러 베트남 음식들에 도전해보자. 이의로 한국사람들의 입맛에 맞는 음식들이 많다.

제25화 베트남의 정치형태
그리고 직접선거

베트남은 아시다시피 공산주의 국가이다. 그러나 중국과 북한의 정치체계와는 확연히 다른 공기를 베트남에서 살아본다면 알 수 있을 것이다. 곳곳에 나부끼는 공산당 깃발을 보지 않는다면, 공안의 모습들을 보지 못한다면 이곳이 자본주의 민주주의 체제라 생각할 것이다.

한 가지 더 베트남의 선거의 경우도 직접선거 제도를 채택하고 있다. 2021년부터 2026년까지 5년의 임기를 가지는 제15대 국회의원 선거 및 성·시 등 각급의 인민위원회 위원을 직접 국민이 선거하는 선거날이 2021년 5월 22일 개최되었다. 선거인 명부도 우리나라와 마찬가지 공고를 하고 있는 모습을 볼 수 있다. 다만, 직접선거의 형식이기는 하나, 어느 정도 후보자의 경우는 공산당에서 선정된 다수의 후보자들이 나오는 경우가 있어 우리나라와의 후보자와 성격이 좀 상이한 것으로 이해하면 될 것이다. 공산당이 아닌 개인 추천 후보도 2001년 제9차 전당대회부터 허용되고는 있으나, 조국전선 심사를 통과하는 비율이 적고 심사를 통과하더라도 실제로 선거에서 당선되는 경우는 많지 않다고 한다.

또한, 선거 참여율이 2016년 선거에서는 98.77%인 것을 볼 때 우리와 같은 선거체계라고 보기는 좀 어려울 듯 보인다. 물론, 많은 베트남 국민들은 베트남 정부에 대한 지지와 믿음을 갖고 있는 경우가 대다수 이므로 이러한 마음으로 선거에 참여하는 경우도 많은 점은 북한 등의 공산주의 체제와는 다른 독특한 베트남만의 선거 체계라고 할 수 있을 것이다. 특히, 2021년 선거의 경우 연초 개최된 공산당대회 이후 처음 개최되는 국민 선거로 신정부 입장에서는 코로나19 상황에서 촉각을 곤두서고 있던 것으로 보인다.

------ ✒ ------

베트남은 총선거를 일요일에 한다?

베트남의 2021년 총선거는 5월 23일 개최하였다. 그런데 특이한 것은 이날이 바로 일요일이었다는 것이다. 우리나라에서 쉬는 날에 선거를 치르면 당연히 많은 얘기들이 나왔을 것이지만, 베트남은 아직 경제발전이 중요하여 토요일 역시 전일 근무 또는 반일 근무하는 나라이므로 선거 역시 일요일에 해도 인민들의 큰 불만은 없는 것으로 보인다. 하긴 우리나라도 토요일 격주 근무가 들어온 것이 20년 전쯤인 것으로 기억하니, 지금의 대체 휴일까지 생긴 것을 보면 참 격세지감(?)을 느낀다. 예전 우리나라의 경제발전기의 역동적인 모습을 현재 베트남에서 볼 수 있다.

제26화 베트남 5년마다 개최되는
최대 행사 공산당대회

베트남 사회가 공산사회라는 것을 직감하게 되는 순간이 있다. 바로 5년마다 한 번씩 개최되는 베트남에서의 가장 큰 행사인 공산당 대회이다. 제13차 공산당대회가 2021년 개최되었으니, 제16차 전당대회는 2026년에야 볼 수 있다. 우리가 잘 알고 있는 도이모이(Đổi mới) 정책을 발표한 1986년 개최된 제6차 공산당대회이다.

필자도 운 좋게 제13차 베트남 전국 공산당대회(전당대회)를 직접 경험할 수 있었다. 이 대회가 다가오자 베트남 하노이 시내 분위기가 사뭇 다름을 느낄 수 있었다. 많이 보이지 않았던 공안들이 곳곳에 서있었고 제13차 전국 공산당대회를 축하하고 환영하는 많은 붉은색의 현수막들이 거리에 휘날리고 있었다. 베트남도 공산주의 국가임을 깨닫게 되는 때이기도 하다.

특히, 전국 당 간부들이 숙박하는 호텔 근처에는 바리케이드를 치고 차량을 통제하며, 호텔 내부에 들어가기 위해서는 검색대를 통과해야 하는 경계가 더욱 삼엄해진다. 또한, 우리는 상상할 수 없지만, 주요 통신사에서 회의 기간 내 일부 시간의 경우 통신을 차단하여 회의장 근처에서는 전화가 먹통이거나, 인터넷이 연결이 안 되는 경우도 발생되었다. 공산당 대회의 원활한 진행을 위해 그렇게 한다고 한다. 베트남에서 생각하는 공산당대회의 중요함을 더욱 알 수 있었다.

공산당 대회시 도로를 통제하는 모습

베트남 주요 시내 출퇴근 시간의 교통 정체는 지하철 등 다른 교통 수단이 없기 때문에 교통정체가 매우 극심하다. 수많은 오토바이와 차량과 그리고 그 사이를 요리조리 건너가는 사람들이 뒤섞이며 심한 혼잡을 보이곤 한다. 특히 비가 와서 도로가 침수되거나, 사고가 있는 날이면 더욱 어려운 상황에 놓이곤 한다. 그런데 이러한 교통 정체는 그래도 차가 조금이라도 앞으로 가는 상황이나, 공산당대회 기간 호텔에서 공산당 대회장인 컨벤션센터로 가기 위해 차량 자체를 일정 시간 통제를 하니 아예 모두 서 있는 상황이 생기게 된다. 필자도 차에서 내려 걸어서 회사로 가는 게 빠르다고 판단하여 차량과 오토바이가 뒤섞여서 서있는 구간을 걸어서 이동하였다. 그런데 신기한 것은 누구 한 명 이 상황에 대해 불만 섞인 얘기를 하지 않고 기다리고 있는 것이었다. 베트남이 공산당과 단결하여 외세를 물리쳤던 역사적인 상황을 비춰볼 때 아마 다소 불편한 상황도 국가를 위해 감수하고 있는 것으로 생각된다. 베트남 국민들의 정부에 대한 신뢰를 느끼게 해주는 일이었다. 다만, 주재원들에게 가장 좋은 방법은 교통통제를 피해 다소 일찍 출근하는 방법일 것이다.

골목 여기저기에 걸려있는 베트남 국기

우리나라는 주로 국경일에 걸어놓는 국기를 베트남은 항상 걸어놓는다. 그것도 작은 국기도 아니고 큰 사이즈 국기를 말이다. 그렇다고 스위스 등 유럽의 국가와 같이 정부 공관으로 예측할 수도 없다. 베트남 정부 공관도 아닌 일반 국민(또는 인민)들이 사는 골목에서도 흔하게 이를 볼 수 있는 것이다. 이런 국기를 볼 때면 베트남이 공산주의 국가임을 인식하기 시작한다.

베트남 거리를 걷다보면 국기가 참 많이 보인다.

이렇게 국기를 모두 게양하는 것이 공산주의이기에 가능한 것이라 생각이 들 수도 있지만, 베트남인 들은 국가에 대한 애국심이 남다른 나라이기도하다. 많은 외침 속에서 단결만이 살길임을 베트남인 들은 삶 속에서 체화하고 있기 때문이기도 하다.

아시다시피 베트남에서 축구의 열기는 정말 뜨겁다. 코로나19로 인해 단체응원이 뜸했지만 국가대표 축구경기가 열리는 날이면 맥주집, 거리 등지에서 베트남 국기를 많이 볼 수 있을 것이다.

제27화 베트남 의료 시설 그리고 코로나19

베트남의 의료시설을 아직까지 한국의 수준에 미치지 못하기 때문에 주재원으로 오기 전에 의료와 관련된 부분은 한국에서 모두 검진을 받고 오는 것이 좋을 것이다.

1년에 1번씩 하는 종합검진도 마찬가지이다. 베트남에서의 종합검진의 경우 베트남 내에서는 최신식 시설이라 할지라도 우리나라와 비교해서는 시설과 서비스 면에서 많이 뒤처져있는 것이 현실이다. 거기다 의사소통까지 원활치 않으니 더더구나 한국과 같은 서비스를 받는 것은 쉬운 일이 아니다. 그렇다고 비용이 매우 저렴한 수준도 아니다. 그나마 메디플러스 병원의 경우 시설과 체계가 잘되어 있는 편에 속해 정기 건강검진을 받으시려는 분은 이곳도 후보지의 한 곳으로 추천드린다.(필자와 개인적으로 위 병원과 아무 관련이 없으며, 몇군데 가본 병원 중에는 시설이 괜찮았던 기억이 있다)

비교적 최신시설을 보유한 메디플러스 병원 모습

물론 한인 타운인 미딩(My Dinh)과 같은 곳에서는 한국인 의사가 운영하는 클리닉 등이 있으므로 소소한 부분은 이런 곳을 이용하면 그다지 불편함을 느끼지는 않는다. 물론 가격은 한국과 비슷하거나 개인보험이 없다면 오히려 더 비쌀 수 있다는 단점이 있다.

베트남에서 독감주사는 매년 맞는 게 좋다. 일본뇌염과 같이 우리나라에서의 국가필수접종 주사의 경우도 이곳에서도 모두 맞을 수 있으므로 국가 예방접종 사이트를 확인하면서 맞는 시기에 접종하는 것도 바람직하다. 물론 이곳에서는 무료는 아니며 개인비용으로 처리해야 한다.

특이한 것은 베트남 치과는 거의 모두 1층에 위치하고, 진료하는 것이 밖에서 모두 보이게 되어있다. 왜 그런지 그 이유는 정확히 모르겠지만, 필자가 본 거의 모든 치과의 모습이 그러했다. 개인 프라이버시 등을 생각한다면 문제가 있다고 생각이 되지만 많은 베트남인들이 그곳에서 진료를 아무렇지 않게 보고 있다.

코로나19로 인한 락다운

모든 국가가 마찬가지 상황이겠지만 베트남의 상황 변화는 더 극적으로 변화하였다.

코로나19로 인한 락다운 기간동안 한산한 도로 모습

공산주의 국가답게 강력한 락다운을 통한 교통통제, 이동통제를 했던 기간에는 그 많던 오토바이 행렬들이 거의 보이지 않는 희귀한 장면이 연출되었다.

코로나 확산이 심할 경우에는 완전 락다운 형태로 바깥 출입을 아예 통제하는 기간도 있었고 아파트 정문 밖도 나가지 못하는 경우도 있었다. 필자가 근무했던 건물 역시 전체를 출입통제했던 적도 있다.

평상시 뒤틀린 도로 정체

예를 들어, 주변 로컬 시장을 가기 위해서는 통행증이 필요하고, 통행증에는 일주일에 2~3번 출입할 수 있는 날짜와 시간까지 기재되어 있다. 통제 수준이 우리가 생각했던 것과는 차원이 다른 정책을 펴는 나라가 바로 베트남이다.

코로나로 인해 건물전체를 봉쇄한 모습

베트남의 의료수준이 그리 높지는 못하기 때문에 베트남은 중국과 같이 사전 차단을 강력하게 시행하였다. 이로인해 코로나19 확진자가 발생한 지역 또는 건물의 경우 전체를 봉쇄하는 정책을 폈는데, 일정 기간이 경과한 뒤로는 락다운으로 인한 경제위축 등 으로 인해 위드코로나 정책으로 변경한 것으로 보인다. 베트남에서의 코로나19의 빠른 종식을 기원해본다.

제28화 베트남 지하보도에는 노숙자가 있을까?

우선 베트남은 지하보도가 많이 없다. 이를 이용하는 사람도 그리 많지 않기 때문이다. 거의 모든 절대적 교통수단이 오토바이이므로 오토바이가 지하보도를 갈 수는 없지 않은가? 그나마 지하보도는 대도시에 몰려있다. 다만, 외국인의 경우 내려가는 자체가 미지의 공간에 접근한다는 생각에 무서워서 도전을 하지 못하는 경우가 부지기수이다.

필자 역시 처음 한적한 지하보도를 이용했을 때는 치한상 문제가 있을 거라고 생각해서 무서운 생각이 들었다. 노숙자도 많을 수도 있고 위험한 순간이 있을 경우 도움을 청하기도 쉽지 않을 수 있으리라 생각했으나, 이용한 결론은 나름대로 괜찮다는 것이다. 결론적으로 노숙자를 본적이 한 번도 없다.

이러한 이유는 바로 한국과 다르게 베트남의 지하보도는 밤 10시쯤되면 문을 아예 폐쇄한다는 점이다. 노숙자가 살 수 있는 공간이 되기가 힘들다.

물론 이는 지하보도를 이용하는 사람들 입장에서는 곤란할 수도 있겠지만, 치한상에는 노숙자가 없다는 점에서 좋은 정책이라 생각한다.

필자가 경험상 많은 지하보도를 이용하였으나, 성인 어른의 경우는 이용에 큰 문제는 없다고 생각한다(물론 아이들의 경우 조심할 필요는 있다)

두려운 존재 공안

우리나라의 경찰을 이곳에서는 중국과 마찬가지 공안이라고 부른다.

거대한 공안부 건물

베트남 사람들은 대개 공안을 두려워한다. 주로 교통 공안에 의해
오토바이를 타고 가다가 잡히는 경우가 비일비재한데, 이 경우 운전
면허증, 보험증 등 뭐 하나는 걸릴 수 있으므로 벌금을 내거나 뒷돈
을 주는 경우도 있어, 베트남인들에게는 공포의 대상이다. 베트남 하
노이 치안이 좋다고 하는데 이는 바로 공안의 영향이 클 것이라 생

각한다.

하노이시 노른자 땅의 대규모 공터

경남아파트 근처의 빈 공터

베트남의 수도 하노이일지라도 아직 공터가 참 많이 보인다. 이런 곳 주변에는 펜스가 있으나, 밤이 되면 가로등이 없거나, 주변에 관리가 잘 되지 않아 으슥한 장면이 연출될 수 있으므로 주변을 혼자 걸어가는 것은 위험할 수 있다. 공터의 규모도 상당히 큰 편이다.

하노이는 호치민시에 비해 좁은 길도 많아 잘 모르는곳이라면 혼자서는 가지 않는 것이 좋다.

대한민국 대사관 영사부
PHONG LÃNH SỰ
ĐẠI SỨ QUÁN HÀN QUỐC

제29화 베트남에서 각종
행정서류 신청하기

재외국민 등록제도는 재외국민 등록법에 따라 외국의 일정한 지역에 계속하여 90일 이상 거주 또는 체류할 의사를 가지고 해당 지역에 체류하는 대한민국 국민(외국 시민권자 제외)이 대상이다(재외국민 등록법 제2조). 법에 따르면 재외국민의 국내외 활동 편익 증진, 행정사무의 적정처리, 기타 재외국민 보호 정책 수립에 이바지하기 위한 제도로 그 등록은 법적 의무사항이라고 한다(재외국민 등록법 제1조).

한 가지 한국 국제학교 다니려면 부모 모두 재외국민 등록이 되어 있어야 한다고 한다. 원서접수 시 부모, 학생 재외국민 등록증을 제출해야 하기 때문이다. 그리고 한국 특례입학이나 재외국민 전형 입학 지원 시 필요한 서류인 재외국민 등록부 등본 발급이 필요하므로 재외국민 등록은 필요하다.

의무사항이고 유용하니 등록하라고 이 글을 쓴 건 아니다. 실제 등록을 하다 보니 등록과정에서 몇 가지 궁금증과 등록 시 시행착오가 있었기에 베트남 재외국민 분들에게 편리하게 등록할 수 있는 작은 도움을 주고자 글을 적어보았다.

우선, 영사민원 24(consul.mofa.go.kr)에 들어가서 온라인 신고가 가능하다. 첨부 필요서류로는 여권 신원 정보란, 입출국 스탬프 표시란, 비자 정보란, 기본증명서 등이 필요하다. 배우자 또는 자녀의 재외국민 등록도 본인이 할 수 있다.

혹시 영사민원24(consul.mofa.go.kr)에 입력 시 잘못 입력해서 저장했는데 삭제하는 기능이 없다고 해도 당황하지 말자. 사이트 내 이용문의에 오류 입력으로 남겨두면 된다(필자도 재외국민 등록을 재외국민 변경등록으로 실수로 입력하여 문의를 남겨두어 문제를 해결한바 있다).

신청 시 필요 첨부 서류인 기본증명서는 대법원 전자가족관계등록시스템(http://efamily.scourt.go.kr)를 통해 가능하다. 배우자와 자녀의 기본증명서도 신청하려고 하는 본인이 가능하게 되어 있다(필자는 배우자와 자녀의 공인인증서가 있어야 하지 않은가라고 생각하여 등록을 포기하려 하였다). 방법은 본인의 공인인증서로 들어가면 신청 대상자란의 본인과의 관계를 "자녀"로 선택하고, 자녀의 성명과 주민등록번호 또는 성명과 등록기준지를 입력하고 발급받고자 하는 기본증명서를 선택하면 발급 가능하다(이 부분 알지 못해 엄청나게 스터디(?)를 하고 알게 되었다). 다만, 대리 신청의 경우는 가족관계증명서를 별도로 발급받아 첨부하여야 하는 번거로움은 있다.

참고로 재외국민 등록과 해외이주신고의 차이점은 국내에서 주민등록을 해야 하는 것처럼 모든 재외국민은 법적으로 재외국민 등록을 해야 할 의무가 있다. 이에 비하여 해외이주신고제도는 해외이주 법에 따라 영주, 결혼이민, 거주 등 이주를 목적으로 영주권을 소지하고 해외에 체류 중인 자에게만 의무적으로 요구되는 제도이다. 한국에서 해외로 완전히 이주했다고 등록한다는 점이 둘 간의 차이점이다.

베트남의 우편번호 체계

하노이에서 우편을 보내는 경우가 생길 수 있는데, 이때 우편번호가 궁금하다. 그런데 번호가 좀 이상한데? "100000" 이게 맞는가? 그런데 더 이상한 것은 하노이 다른 곳도 모두 "100000"이라는 것이다. 동일하다.

베트남의 주소체계는 도로명 주소가 잘되어 있기 때문에 도로명+번호로 모두 구성되어 특별히 우편번호를 통한 구별이 무의미하다고 한다. 그래서 우편번호는 광역 번호로 구성된다. 예를 들어 하노이시는 "100000", 호찌민시는 "70000"이다.

해외에서의 체류 신고 및 재외국인 등록

거주자 불명자가 되고 싶지 않으면 출국 전 해외 체류 신고를 해라. 그러나, 이것을 주소이전을 하는 것으로 잘못 알기 쉽다. 필자도 잘 모르고 정부 24 홈페이지(www.gov.kr)에서 주민등록 이전 신청을 반려처분을 당한 후 문의전화를 통해 해외 체류 신고를 해야 함을 알 수 있었다.

해외 체류 신고는 별도의 수수료도 없으며, 해외에서 공인인증서만 있으면 누구나 쉽게 할 수 있다. 해외 체류 신고는 주민등록법 제10조의 3에 의하여 90일 이상 해외에 체류할 목적으로 출국하려는 경우 출국 후에 속할 세대의 거주지를 미리 신고할 수 있는 제도이다. 해외 체류 신고 후 최초 출국일 다음날에 주민등록상 주소는 신고된 주소로 변경된다. 다만, 제출해야 할 서류도 있는데 다음과 같다.

1) 해외 체류 예정 국가에서 발행한 비자 사본

2) 외국 교육기관의 입학허가서 또는 재학증명서,

3) 소속기관 출장명령서 또는 훈련 주관기관의 훈련계획서,

4) 국제항공권 또는 국제여객선 등의 구매내역,

5) 그밖에 해외 체류 사실을 확인할 수 있는 자료 중에 가장 편한 1개를 제출하면 된다.

베트남에서 영사관 이용하기

베트남에 살면 베트남 대사관에 갈 일은 그리 많지는 않지만 영사관을 방문해야 하는 일은 의외로 많을 수 있다. 베트남 영사관은 대사관 바로 옆에 있고 한국 전통 가옥을 모티브로 멋진 건물이 우뚝 솟아 있는 모습을 볼 수 있으니 자녀들과 한번씩 가보는 것도 좋은 경험이 될 거라 생각된다.

주대한민국 베트남 대사관 영사부

한 가지 유의해야 할 것은 베트남 영사관에서의 서류 발급은 당일 발급을 하지 않는다. 당일 서류가 필요한데 영사관에 당일 접수했다 가는 낭패를 볼 수도 있다. 당일 접수된 신청 건에 대해서는 접수증을 교부하고, 영사 날인 후 다음날 교부하는 것이 원칙이다.

서류 수령 시에는 접수증을 지참해야 하고, 대리인 수령도 가능하다고 한다(다만, 여권은 가족 외에는 대리인 수령은 불가하다). 수수료도 있다는 점을 잊지 말자. 위임장의 경우는 46,000VND(한화 약 2,300원)이다. 다만 현장에 신한은행, 우리은행 CD기가 있으니, 현금이 없더라도 당황하지 말자.

주베트남대한민국대사관 영사부 내부 민원실 전경

영사관 이용시간도 잘 확인해야 한다. 오전 민원업무시간은 09:00-12:00, 오후 민원업무시간은 14:00-16:00까지이다.

해외장기체류보험 가입을 위한 자녀 출입국 사실증명서 발급하는법

국내 보험의 경우 해외에서 보장이 되지 않기 때문에 해외 장기체류 보험 등을 가입하게 될 것이다. 이를 위해서 출입국 사실증명서를 보내야 한다. 그런데 본인의 경우 공인인증서를 통해 쉽게 할 수 있겠지만 피보험자 중 자녀의 경우는 어떻게 하면 되는지 누구도 알려주지 않아 처리하는데 어려움을 겪어 이를 처리하는 쉬운 방법을 알려주려고 한다.

우리가 흔히 알고 있는 각종 증명서 발급을 할 수 있는 사이트는 민원 24 사이트(www.minwon.go.kr)

이다. 그러나 출입국 사실증명서는 정부24사이트(www.gov.kr)에 들어가서 발급받아야 한다

공인인증서만 있다면 본인의 경우는 아주 손쉽게 출력할 수 있을 것이다

그렇기 때문에 주재원으로 부임 전 한국에서 공인인증서의 유효성에 대해 다시 한번 확인할 필요가 있다

해외로 나왔는데 공인인증서가 되지 않는다면 그 역시 낭패이기 때문이다

본인의 출입국 사실증명서를 발급받았다면 이제 자녀 증명서를 발급받아보자. 사이트를 살펴보면 자녀의 경우는 신청인 어느 곳에도 바로 보이지 않기 때문에 적잖게 당황할 수 있다. 필자 역시 그랬다. 이에 대한 정답은 자녀 개개인에 대해 회원가입을 별도로 해서 처리하면 된다는 것이다.

여기서 또 하나의 문제점이 회원가입을 하기 위해서는 자녀의 공인인증서가 있어야 된다는 것이다. 그러나 대개 자녀의 공인인증서를 가지고 있는 분들은 아마도 거의 없을 것이다. 만일 있다면, 회원가입 시 만 14세 미만 자녀에 대해 법정대리인의 동의가 필요하게 되어있으므로 회원가입 후 사이트 내에 본인의 아이디로 재차 로그인한 후에 신청/확인/공유 – 사실/진위 확인 – (맨 하단) 자녀 확인(14세 미만 이용자가 정부 24 회원가입 시 주민등록표상 같은 세대에 있는 부모가 확인하는 서비스)에 들어가면 법정대리인의 공인인증을 통해 자녀 확인 리스트가 새롭게 올려져 있는 것을 확인할 수 있을 것이다.

자녀 확인을 통해 자녀 확인 및 회원가입을 최종 완료되어야 한다. 이때 유의할 점은 자녀의 아이디로 로그인하는 것이 아니라 이후 다시 로그아웃한 후 자녀의 아이디로 로그인한 후 자녀의 출입국 사실증명서를 신청하면 끝! 다만, 최근 출입국 기록은 마지막 출국 또는 입국한 날부터 약 2-3일이 경과해야 발급이 가능하다고 하니 참고하기 바란다.

자녀의 공인인증서가 없다면, 주민센터 등에 가서 발급받아야 한다고 나와있는 정보도 찾을 수 있을 것이지만, 출입국 사실증명서란 출입국 관리법에 정한 절차에 따라 출입국 심사를 받고 출입국을 한 사람의 출국 및 입국 사실을 증명하는 서류이므로 당연히 출국한 이후인 해외에서 발급이 되어야 하지 않을까 생각된다. 이러한 이유로 민원서류를 대행해주는 사이트를 이용하는 방법도 있으나, 비용이 생각했던 것보다 많이 들고 있어 이 이 부분은 제도개선이 필요할 것으로 보인다. 또 하나, 보험사에 출입국 사실증명서 발급이 어려운 상황을 설명하면 보험사마다 다른 서류(출국 항공권 등)를 요청하는 경우도 있으니 보험사에 문의해보자

베트남에서의 범죄경력증명서는 베트남 법무청(Tu Phap Thu Do)에 접수해야 한다.

그런데 발급 자체가 우리나라 증명서 발급 프로세스로 생각하면 안 된다. 예를 들어, 실제 아침에 발급받고자 접수하려고 가면, 수많은 사람들에 몰려 당일 접수 자체가 쉽지 않음을 알 수 있다. 창구가 부족하기 때문이기도 하고, 하노이시의 수많은 구직활동을 원하는 베트남인들이 필수적으로 필요한 범죄경력증명서를 발급받기 위해 모두 법무청으로 몰려오기 때문이다. 온라인 접수는 당연히 안된다.

그러면 사람들이 많아 당일 접수가 안 될 경우는 어떻게 처리할까? 다행히 번호표는 준다. 그런데 이 번호표 역시 다음날 접수를 위한

순서를 기재하는 노트(?)가 법무청에 놓여 있고 이곳에 기재하라고 한다. 노트에 기재하고 다음날 다시 오면 순서대로 이름을 부른다. 이때 만일 현장에 없으면 다음 분으로 순서가 넘어가므로 반드시 이름을 부를 때 현장에 있어야 한다. 그래야 드디어 당일 접수할 수 있는 기회(?)가 주어진다.

그렇다고 이것이 끝이 아니다. 접수까지 상당한 시간을 기다린 후 접수하게 되면 2주 정도 후 최종적으로 발급받게 된다. 한국에서의 신속한 온라인 처리를 기대했다면 베트남에서의 증명서 발급은 답답함을 아주 많이 느낄 수도 있을 것이니 느긋한 마음을 가지고 가시기 바란다.

제30화 맺은말

베트남은 성장가능성이 매우 큰 국가이다. 또한 한국 문화와의 많은 공통점으로 인해 대화를 하고 생활하다보면 금방 친해질 수 있는 국가이기도 하다. 또한, 한국의 경제발전기의 모습을 많이 닮은 역동적인 국가이기도 하다.

한국에서 생각하는 베트남과 직접 가서 경험한 베트남이 많이 다르다는 것은 주재원으로 나가 경험하면 알 수 있을 것이다.

이미 많은 한국기업이 진출해있고, 기업총수들이 베트남을 지속하여 방문하고 있음은 베트남의 미래를 본것이라 생각된다.

2022년 세계 100대 여행지에 호치민과 하노이는 지속 순위가 상승하고 있는 등 주재원으로 나가 많은 지역을 여행다녀보는 것도 좋을 것이다. 특히, 관광객이 많이 가는 다낭, 나트랑만 가지 말고, 푸꿕, 사파 등 새로운 지역에도 눈을 돌려보자.

앞으로 한국과 베트남이 상생을 통해 더욱 발전할 수 있기를 기대하며, 주재원으로 나가시는 모든분들이 성공적이고 즐거운 생활이 될 수 있기를 기원드린다. <끝>